Anne Millard

Das war Griechenland

Ein Bild des Alltags zur Blütezeit der griechischen Kultur

Aus dem Englischen von Hans J. Schütz
Illustrationen von Joseph McEwan
und Roger Mann

Otto Maier Verlag
Ravensburg

Inhalt

Deutsche Erstausgabe
Erstmals 1982 in den Ravensburger Taschenbüchern
Lizenzausgabe mit Genehmigung der Usborne Publishing Ltd., London

Titel der Originalausgabe: „Usborne Pocket Guide to Ancient Greece"

Umschlagentwurf: Graphisches Atelier, Otto Maier Verlag, unter Verwendung des Umschlags der Originalausgabe
Gestaltung: Kim Blundell

Printed in Italy

5 4 3 86

ISBN 3-473-38750-9

Die Autorin
Anne Millard hat Geschichte, Ägyptologie, Archäologie und Erziehungswissenschaften studiert und selber jahrelang an Ausgrabungen teilgenommen. Sie arbeitet als Dozentin an der Universität London.

Editorische Notiz zu den Jahreszahlen
Es finden sich in einschlägigen Nachschlagewerken oft unterschiedliche Angaben zu historischen Daten. Die in diesem Buch genannten Jahreszahlen beruhen auf der „Cambridge Ancient History" (Cambridge University Press).

Über dieses Buch

Dieses Buch enthält viele Informationen und farbige Abbildungen, die dir das Leben im alten Griechenland veranschaulichen. So wie das Bild oben (Leute im Theater) sind viele Szenen nach archäologischen und schriftlichen Zeugnissen rekonstruiert.

Manchmal wirst du anstelle einer rekonstruierten Szene die Wiedergabe griechischer Gemälde oder Plastiken finden. Die Gemälde stammen oft von griechischen Vasen, die häufig mit Szenen aus dem täglichen Leben geschmückt waren.

Dazu kommen Abbildungen griechischer Gebrauchsgegenstände (Möbel, Werkzeuge, Schmuck und Waffen). Einige Bilder sind nach Gegenständen angefertigt, die auf Gemälden dargestellt oder in Büchern beschrieben worden sind, doch die meisten Dinge kannst du noch heute sehen.

Die Geschichte des alten Griechenland unterteilt man in „Zeitalter" und „Perioden" (vgl. Tabelle auf S. 5). Dieses Buch befaßt sich vor allem mit dem Leben in der klassischen Periode, jedoch nimmt es auch Bezug auf die archaische und die hellenistische Periode. Einen Abriß der Geschichte des alten Griechenland und seiner wichtigsten Persönlichkeiten findest du auf den Seiten 60/61.

In der klassischen Periode bestand Griechenland aus unabhängigen Stadtstaaten. Wir befassen uns vorwiegend mit Athen, dem größten und mächtigsten. Viele Informationen treffen aber auch auf andere Städte zu. Sparta wird gesondert behandelt, weil es sich in vielen Zügen vom übrigen Griechenland unterscheidet.

Auf S. 62 findest du eine Liste deutscher Museen, die archäologische Fundstücke im Original oder in Kopien zeigen; auf Seite 63 weitere Bücher zum Thema.

Die Karte auf den Seiten 58/59 zeigt viele der in diesem Buch genannten Orte.

Einführung in das alte Griechenland

Die Geschichte Griechenlands läßt sich bis zu den steinzeitlichen Jägern zurückverfolgen. Später folgten Bauernvölker und die Kulturen der minoischen und mykenischen Könige. Es folgte eine Periode von Kriegen und Einwanderungen, bekannt als die „Dunklen Zeitalter". Ungefähr um 1100 v. Chr. wanderte das Volk der Dorer von Norden her ein und breitete sich entlang der Westküste bis zum Peloponnes aus. In der hier behandelten Periode (500 bis 336 v. Chr.) bestand Griechenland aus verschiedenen kleinen Stadtstaaten.

Diese Karte zeigt die wichtigsten Provinzen und Inseln Griechenlands.

Das Land

Griechenland ist ein heißes, trockenes und gebirgiges Land. Vermutlich waren die Berge in alten Zeiten weitaus mehr bewaldet als heute. Gutes Ackerland gab es nur in engen Tälern und an der Küste.

Weil die Leute nie weit vom Meer entfernt waren, spielte es in ihrem Leben eine wichtige Rolle. Die griechische Küste ist reich an Meerengen und Buchten, und es gibt eine große Zahl von Inseln.

Das Volk

In der klassischen Periode besaßen die meisten Stadtstaaten Regierungen, die auf demokratische Weise von den Bürgern gewählt worden waren. Freilich waren nicht alle Bewohner auch Bürger. Von den Bürgerrechten ausgenommen waren alle Frauen, Ortsfremde, Sklaven und befreite Sklaven. Sklaven waren gewöhnlich Kriegsgefangene oder die Nachkommen von Sklaven.

Woher stammen unsere Kenntnisse von den alten Griechen?

Nützliche Kenntnisse vermitteln die antiken Bauwerke. Zum Teil sind sie noch erhalten, wenn auch als Ruinen, oder sie wurden von Archäologen ausgegraben. Skulpturen und Gemälde stellen oft historische Ereignisse, aber auch Mythen und Legenden dar.

Die Schriften griechischer Historiker, Philosophen, Dichter und Dramatiker haben uns einen großen Teil des Wissens vermittelt, das wir heute über das Leben und Denken des Volkes besitzen.

Die Töpferei ist eine wichtige Quelle unserer Kenntnisse. Veränderungen der Form und Gestaltung verweisen auf Fundorte und griechische Handelswege. Abbildungen auf den Vasen geben uns Aufschluß über das Leben der Griechen und ihre alten Überlieferungen.

Die wichtigsten Perioden der griechischen Geschichte

etwa / v. Chr.	
6000 – 2900	Neolithische Periode
2900 – 2000	Frühe Bronzezeit
2000 – 1400	Minoisches Zeitalter (auf Kreta)
1600 – 1100	Mykenisches Zeitalter (auf dem Festland)
1100 – 750	Die Dunklen Zeitalter
750 – 500	Archaische Periode
500 – 336	Klassische Periode
336 – 46	Hellenistische Periode

Die Stadt Athen

Die Ursprünge der Stadt Athen reichen bis ins mykenische Zeitalter zurück. Sie entstand am Fuße der Akropolis (= „hohe Stadt"), ihrem am stärksten befestigten Teil. Die Athener nahmen für sich in Anspruch, von den Ioniern abzustammen, die vor der Ankunft der Dorer in Griechenland lebten. In der klassischen Periode lebten in Athen und seiner Umgebung vermutlich über eine viertel Million Menschen. Athen war eine reiche Stadt; sie besaß bei Laureion ergiebige Silberminen, die die Finanzierung der Flotte und des Außenhandels ermöglichten. Der Hafen lag bei Piräus und war etwa 6 km von Athen entfernt.

Häuser

Griechische Häuser wurden gewöhnlich aus luftgetrockneten Lehmziegeln errichtet, die auf ein Steinfundament gesetzt wurden. Zwar ist kein vollständiges Haus erhalten, aber die Ausgrabungen vermitteln uns einen Eindruck von ihrem Aussehen. Sie waren in der Regel um einen offenen Hof angeordnet, in dem sich der Hausaltar befand. Viele Häuser hatten ein Obergeschoß für die Schlafzimmer. Die Räume auf der Vorderseite waren oft an Ladenbesitzer vermietet. An der Eingangstür stand eine Statue, **herme** genannt, die das Haus beschützen sollte.

Die Innenwände waren oft nackt, doch wahrscheinlich wurden auch gemusterte Stoffe als Wandbehang verwendet.

Reiche Leute ließen die Wände oft mit einer gemusterten Leiste bemalen. Später wurden auch ganze Wände bemalt.

In hellenistischer Zeit ließen die Reichen ihre Fußböden mit Mosaiken (Bilder aus farbigen Steinen oder Kieseln) schmücken.

Einige Häuser besaßen im Innenhof einen Brunnen, waren also ausreichend mit Wasser versorgt.

Die meisten Leute mußten ihr Wasser jedoch von öffentlichen Quellen holen. Diese Arbeit wurde den Frauen überlassen, obwohl sie dabei schwere Krüge tragen mußten. Die Quelle war ein Ort, an dem die Frauen sich treffen und unterhalten konnten.

In der Küche zermahlten Frauen Korn zu Mehl, um Brot zu backen. Dafür gab es Öfen aus Ton. Fleisch und Gemüse wurden auf Holzkohlefeuern gekocht. Der Rauch entwich durch eine Öffnung im Dach.

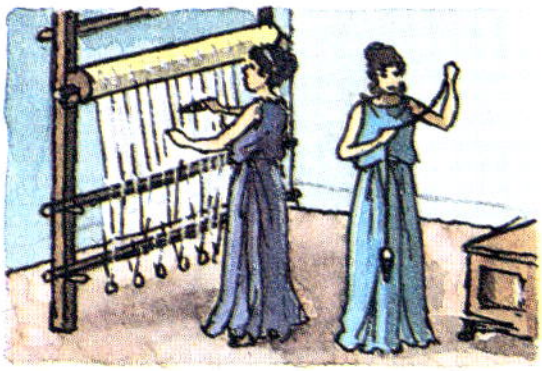

In den Häusern gab es für Männer und Frauen getrennte Wohnräume. Die Frauen verbrachten viel Zeit mit Spinnen und Weben.

Es gab Lagerräume, in denen Vorräte an Nahrungsmitteln, Öl und Wein aufbewahrt wurden. Wein lagerte man in sog. Amphoren.

Möbel

Die meisten griechischen Möbel waren aus Holz oder Bronze. Obwohl nur wenige Möbelstücke erhalten sind, zeigen uns Statuen, Steinreliefs und Vasenbilder, wie sie ausgesehen haben. Reiche Leute besaßen schön geschnitzte Möbel, oft mit Einlegearbeiten aus Gold, Silber und Ebenholz versehen. Ärmere Leute hatten einfachere Möbel.

Stühle und Hocker

Ein **thronos** war ein besonderer Stuhl (meist aus Marmor), der für einen hohen Beamten oder für einen Gott bestimmt war.

Stühle wie dieser mit Rükken- und Armlehnen waren dem Hausherrn oder einem Ehrengast vorbehalten. Es gehörte oft eine Fußbank dazu.

Ein **klismos** war ein eleganter Stuhl. Lehne und Beine waren geschwungen. Die Sitzfläche bestand aus Ledergeflecht und einem Kissen.

Schnitzereien und Einlegearbeiten zeigen Vögel, Tiere, Fabelwesen, Blumen und Pflanzen.

Viele Leute zogen es vor, auf Hockern statt auf Stühlen zu sitzen. Ein Hocker, **diphros** genannt, hatte entweder gerade oder geschwungene Beine. Manche Hocker konnte man zusammenklappen.

Betten und Liegen

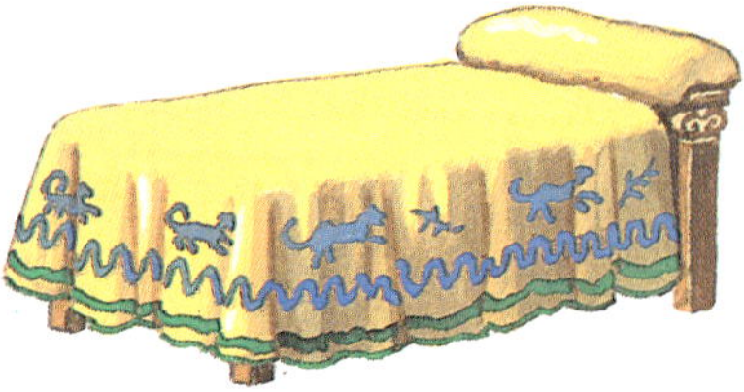

Betten und Liegen hatten die gleiche Form und besaßen Matratzen und Kissen. Auf den Liegen streckten sich die Männer vor allem während der Mahlzeiten aus. Auf den Betten lagen gewöhnlich Bettdekken.

Truhen, Kästen und Körbe

Da man keine Schränke kannte, benutzten die Leute Truhen und Körbe, um Kleider, wichtige Papiere und andere Dinge aufzubewahren. Viele Frauen hatten Schatullen zur Aufbewahrung ihres Schmucks.

Wie dieses Relief zeigt, wurden viele Gegenstände einfach mit Haken an die Wand gehängt.

Tische

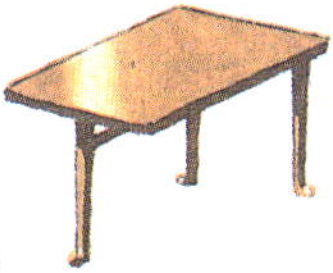

Die Tische waren gewöhnlich so niedrig, daß sie nach den Mahlzeiten unter die Liegen geschoben werden konnten. Es gab runde und ovale Tische, doch die meisten waren rechteckig und hatten oft nur drei Beine.

Lampen

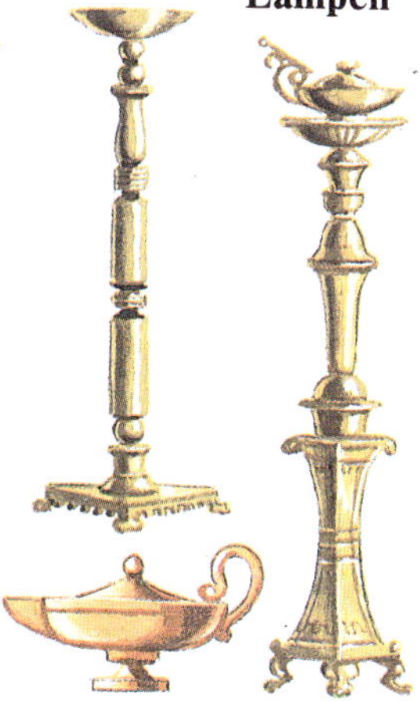

Die Häuser wurden mit Öllampen erleuchtet, die aus Ton oder Metall hergestellt wurden. Man stellte sie auf besondere Ständer oder hing sie daran auf.

Bäder und Waschbecken

Nur die wenigsten Häuser hatten Bäder. Man benutzte also zum Waschen meist eine Waschschüssel. (s. Abb.).

Kleidung

Das wichtigste Kleidungsstück für Männer und Frauen war der chiton, **eine aus einem rechteckigen Stück Stoff gefertigte Tunika. Den Männern reichte sie bis zum Knie, die Frauen trugen sie bodenlang.**

Frauenkleider

Es gab zwei Grundformen für Frauenkleider. Der **dorische chiton** war meist aus Wolle gefertigt. Der Stoff wurde längs in zwei Hälften gefaltet und oben umgeschlagen. An den Schultern wurde er mit Broschen zusammengehalten. Die offene Seite wurde oft zugenäht.

Der **ionische chiton** bestand aus zwei Stoffbahnen, gewöhnlich Leinen, die an den Seiten zusammengenäht waren. Er war oben offen, wurde jedoch an mehreren Stellen zusammengehalten. Diese Mode setzte sich im 6. Jahrhundert in Athen durch. In der späteren klassischen Periode trug man auch Seide oder Baumwolle.

Kleider wurden oft mit Gürteln getragen oder quer über der Brust zusammengebunden.

Manche Stoffe waren gemustert oder hatten gemusterte Säume.

Umhänge und Tücher

Man trug die verschiedensten leichten Tücher. Im Freien hüllten sich die Frauen in große Umhänge. Manchmal trugen sie auch Hüte, um sich vor der Sonne zu schützen.

Männerkleidung

Die Tuniken der Männer wurden aus Wolle oder Leinen gefertigt. Auf einer oder beiden Schultern wurden sie mit einer Brosche gehalten und mit einem Gürtel um die Taille getragen.

Im allgemeinen waren die Tuniken schmucklos, doch einige waren gemustert oder hatten verzierte Säume.

Längere Tuniken wurden bei feierlichen Anlässen und von älteren Männern getragen.

Umhänge

Aufgrund des warmen Klimas brauchten die Griechen nicht viele Kleider. Eine große, rechteckige Stoffbahn, **himation** genannt, wurde oft um den Körper geschlungen, ohne daß man darunter eine Tunika trug. Junge Männer trugen oft nur einen kurzen Umhang, **chlamys** genannt. Auf Reisen trug man Umhänge über den Tuniken.

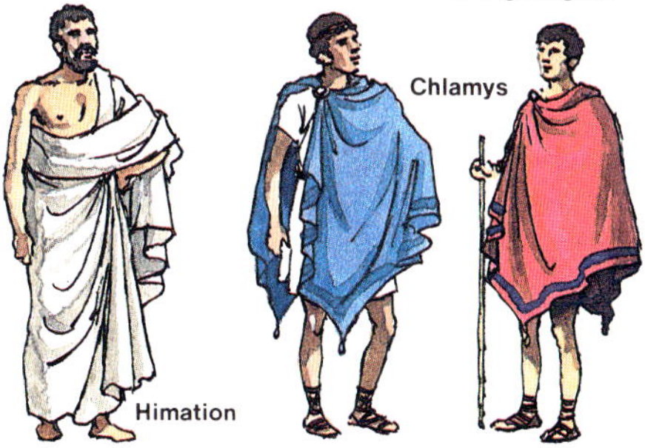

Hüte

Reisende trugen Kappen oder breitkrempige Hüte.

Schuhe

Viele Leute gingen fast immer barfuß. Die gebräuchlichste Fußbekleidung für Männer und Frauen waren Sandalen, doch manchmal wurden auch Stiefel und Schuhe getragen.

Schmuck

Man hat einige großartige Beispiele altgriechischen Schmucks gefunden. Die Griechen verstanden sich meisterlich auf Gold- und Silberarbeiten und verwendeten bereits farbige Glasuren. Bis zur hellenistischen Periode wurden farbige Edelsteine vorwiegend für Ringe verwendet. Billigen Schmuck machte man aus Bronze, Eisen oder Blei.

Nadeln und Broschen benutzte man, um Tuniken und Umhänge zu befestigen. Auch verzierte Metallrosetten wurden gefunden, die vermutlich auf kostbare Kleider genäht wurden.

Ringe bestanden ganz aus Metall oder waren mit geschnittenen, farbigen Steinen versehen. Es gab auch Siegelringe.

Viele griechische Frauen trugen lange Ohrringe, die zum Teil sehr kunstvoll gearbeitet waren.

Vornehme Frauen trugen die verschiedenartigsten Stirnbänder und Diademe. Manchmal trugen auch Männer ein schlichtes Stirnband.

Armreifen und Armbänder waren oft mit Tierköpfen verziert. Sehr beliebt war dieses Schlangenarmband.

Frauen trugen kunstvolle Halsbänder und Ketten. Außer Broschen und Ringen trugen Männer zunächst keinen Schmuck, was sich später jedoch änderte.

Kosmetik und Frisuren

Reiche Frauen benutzten Kosmetika und Parfüms. Aus Blei gewann man zwei Pulver, mit denen sie sich die Gesichter weiß und die Wangen rot färbten. Auch Augen und Lippen wurden bemalt. Eine arsenhaltige Mixtur wurde als Mittel zur Enthaarung verwendet.

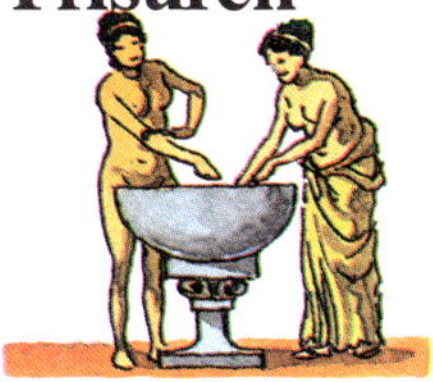

Man nahm keine Seife, sondern rieb den Körper mit Öl ein. Beim Abschaben wurde zugleich der Schmutz entfernt.

Dieses Bild zeigt ein Mädchen, das sein Haar wäscht. Eine Zeitlang war blondes Haar modern, also färbten viele Frauen ihr Haar oder trugen Perücken.

Dieser Spiegel, die Krüge und Flaschen zur Aufbewahrung von Kosmetika könnten einer reichen Frau gehört haben.

Frisuren

Die Frauen ließen ihr Haar mindestens schulterlang wachsen und drehten es zu Locken. Sie trugen es offen oder auf verschiedene Art frisiert. Die Frisuren wurden durch Nadeln, Bänder oder Tücher zusammengehalten.

Die Männer trugen das Haar kürzer, höchstens schulterlang. Die meisten hatten Bärte, die jungen Leute waren jedoch häufig glatt rasiert. In der hellenistischen Periode kamen Bärte allmählich aus der Mode.

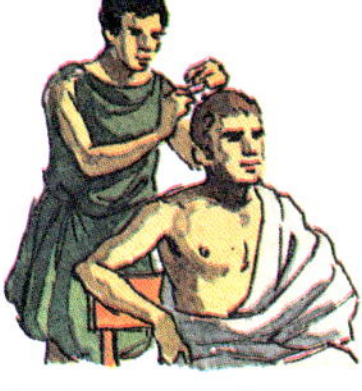

Der Laden des Friseurs war der richtige Ort, um Freunde zu treffen und sich zu unterhalten, während der Friseur seine Arbeit tat.

Einkaufen und Geld

Der Marktplatz einer griechischen Stadt wurde die **agora** genannt. In Athen war sie von wichtigen öffentlichen Gebäuden umgeben. Händler schlugen ihre Stände im Freien oder in der **stoa** (den Kolonnaden) auf, andere verkauften direkt von ihren Werkstätten aus. Die Einkäufe wurden in der Regel von den Männern erledigt. Reiche hatten einen Sklaven bei sich, der die Ware nach Hause trug. Die **agora** suchte man aber auch auf, um Freunde zu treffen. Hier wurden von Geschäftsleuten Arbeiter eingestellt oder Sklaven gekauft.

In Athen waren Beamte damit beauftragt, Maße, Gewichte und die Qualität der Handelswaren zu prüfen.

In frühen Zeiten kannte man kein Geld. Die Leute tauschten also Güter von ungefähr gleichem Wert.

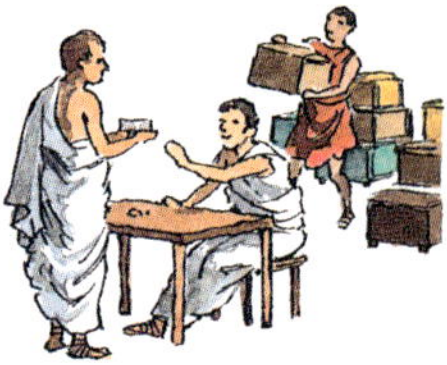

Später wurden Güter gegen einen festgesetzten Betrag in Metall (Gold, Silber, Kupfer oder Eisen) eingetauscht.

Die ersten Münzen

Ungefähr um 600 v. Chr. wurden in Lydien (in Kleinasien) die ersten Münzen hergestellt. Elektron, eine Mischung aus Gold und Silber, wurde zu Münzen von gleichem Gewicht und gleicher Zusammensetzung verarbeitet und durch den Stempel der Regierung beglaubigt.

Beim Besuch einer anderen Stadt mußte man beim Wechsler gegen eine Gebühr die eigenen Münzen umwechseln.

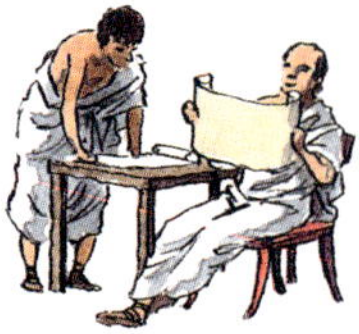

Später entstanden Banken. Die Bankiers verliehen eigenes oder fremdes Geld an ihre Kunden, die es mit Zinsen zurückzahlen mußten.

Münzen

Griechische Münzen bestanden aus Gold oder Silber. Zuerst war jeder Münze das Zeichen der jeweiligen Stadt eingeprägt, dann waren es Götterbilder und später Herrscherportraits. Die gebräuchlichste Münze war die **drachme**. Ihr entsprachen in Athen 6 **obolen**, zwei **drachmen** waren ein **stater** und 50 **stater** waren eine **mina**. 60 **minen** ergaben ein **talent**. Hier eine Auswahl von Münzen:

Frühes Elektron aus Lydien. Zeit des Königs Krösus (561-546 v. Chr.)

Frühe Goldmünze mit Inschrift. Ursprung unbekannt.

Münze aus Korinth mit Pegasus, dem geflügelten Pferd.

Münze aus Peparethus (ca. 500 v. Chr.)

Münze aus Syrakus mit dem Kopf der Nymphe Arethusa (ca. 415 v. Chr.)

Athenische Münze mit Eule, dem Symbol der Stadt (ca. 500 v. Chr.)

Münze aus Syrakus mit Arethusa und Delphinen (ca. 479 v. Chr.)

Mazedonische Münze mit Bild König Philipps (ca. 360-338 v. Chr.)

Familienleben

Ein neugeborenes Kind wurde dem Vater gezeigt. Erkannte er es nicht an, wurde es ausgesetzt und dem Tod überlassen.

War es anerkannt, fanden Feiern statt, bei denen es den Göttern anbefohlen und ihm ein Name gegeben wurde.

Reiche Familien gaben das Kind in die Obhut einer Kinderfrau.

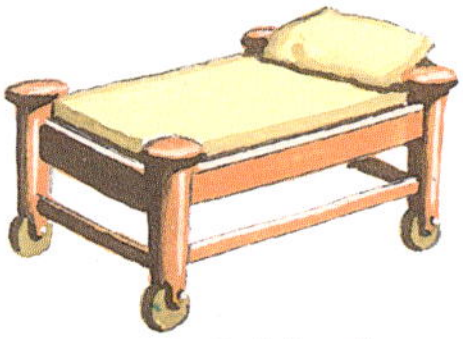

Es gab Möbelstücke, die speziell für Kinder angefertigt wurden. Ein Gemälde zeigt dieses Kinderbett.

Dies ist ein Kinderstuhl. Es gab auch solche, die ein Töpfchen im unteren Teil hatten.

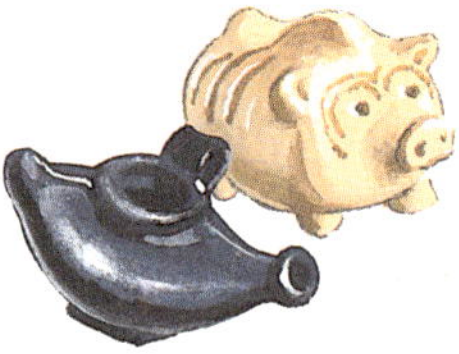

Dies sind ein Fläschchen zum Füttern eines Babys und eine Rassel in Form eines Schweines, gefunden in den Ruinen eines Hauses.

Spielzeug und Kinderspiele

Bis zum Alter von sieben Jahren konnten sich die griechischen Kinder ganz dem Spiel hingeben. Hier einige ihrer Spielzeuge und Spiele:

Mit 18 war ein Junge offiziell erwachsen. Bei den Feiern dieses Tages wurden Blumengirlanden über die Türen gehängt.

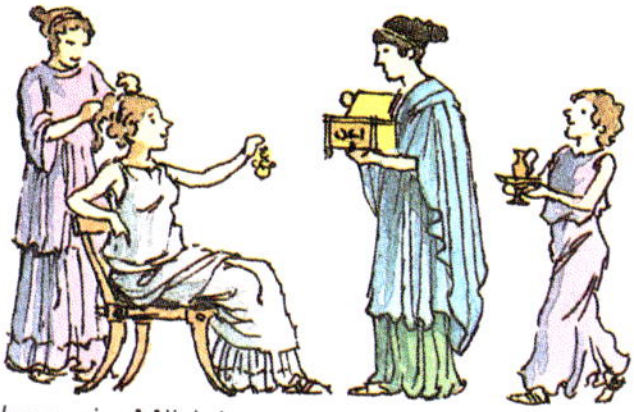

Wenn ein Mädchen etwa 15 Jahre alt war, suchte der Vater einen Ehemann für sie aus. Der Bräutigam war oft viel älter, denn viele Männer warteten lange, ehe sie heirateten. Hier wird eine Braut angekleidet und für die Hochzeit vorbereitet.

Die Hochzeitsfeier begann im Hause der Braut mit einem Gottesdienst. Die Braut wurde bekränzt und von ihrem Vater dem Bräutigam übergeben. Dann wurde sie in feierlichem Zug in ihr neues Heim geleitet. Musikanten und Fackelträger gingen voran.

Der Bräutigam trug die Braut über die Türschwelle. Dann opferten die Eheleute den Göttern und verzehrten gemeinsam den Hochzeitskuchen.

Leben der Frauen

Die Frauen mußten sich immer ihrem nächsten männlichen Verwandten (Vater, Ehemann oder Sohn) fügen. Der Ehemann bekam eine Mitgift vom Schwiegervater, die im Falle einer Scheidung zurückgezahlt wurde. Männer lösten die Ehe, indem sie die Frau fortschickten, Frauen mußten einen Beamten hinzuziehen.

Frauen aus reichen Familien verbrachten die meiste Zeit im Hause in ihren Räumen. Sie mußten sich um den Haushalt, die Vorräte, die Sauberkeit des Hauses kümmern und die Sklaven bei ihren Arbeiten beaufsichtigen.

Außerhalb des Hauses gab es wenig Gelegenheit zur Zerstreuung. Wollte eine reiche Frau einkaufen gehen, mußte sie sich von einem Sklaven begleiten lassen.

Die meisten Frauen hatten keine Sklaven. Da sie viele Dinge selbst tun mußten, hatten sie jedoch mehr Freiheiten.

Erziehung

Zwischen dem siebten und fünfzehnten Lebensjahr besuchten Jungen die Schule. Man erwartete von allen Bürgern, daß sie ihre Söhne zur Schule schickten, doch da Schulgeld erhoben wurde, konnten die Kinder armer Leute oft nicht lange bleiben. Jungen aus reichen Familien wurden von einem Sklaven zur Schule begleitet, der auch während des Unterrichts dort blieb. Dieser wurde Pädagoge genannt. Unterrichtet wurden Lesen, Schreiben, Rechnen, Musik, Dichtkunst, Sport und Gymnastik.

Mädchen wurden zu Hause von den Müttern unterrichtet. Sie erlernten die Hauswirtschaft, Kochen, Spinnen und Weben.

Schulkinder schrieben mit einem **stilus** (Griffel) auf wachsüberzogene Holztafeln. Das Geschriebene konnte man wegreiben und die Tafel neu benutzen.

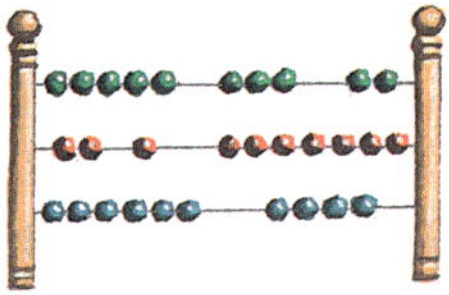

Addieren lernte man mit Hilfe eines Rechenbretts, **abakus** genannt. Jede der Perlen der obersten Reihe zählte 1, die auf der zweiten 10, die auf der dritten Reihe 100.

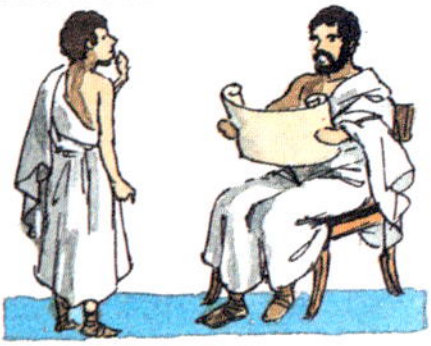

Die Jungen lasen die Werke großer Schriftsteller (z. B. Homer) und lernten Gedichte auswendig.

Im Musikunterricht lernte man Singen und Tanzen und Leier und Flöte spielen.

Kraftsport spielte in der Erziehung eine große Rolle, besonders nach dem 14. Lebensjahr.

Mit 18 war ein Junge vollwertiger Bürger. Er wurde ein **ephebe**, der einen zweijährigen Militärdienst ableisten mußte.

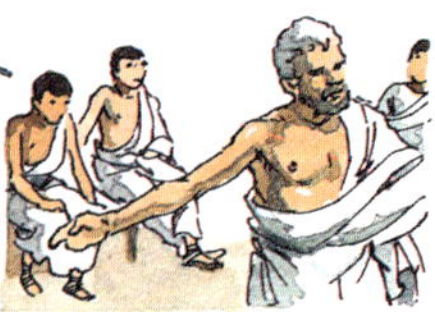

Es gab keine Universitäten. Männer wie der Philosoph Plato gründeten jedoch Schulen für die weitere Ausbildung.

Lehrer, Sophisten genannt, unterrichteten die Jünglinge in der Kunst der Argumentation.

Erziehung in Sparta

In Sparta unterstanden alle Kinder dem Staat. Ein Ältestenrat entschied, ob ein Kind lebenstüchtig war. Mit sieben Jahren kamen die Jungen in das **pädonom**, eine Art Elementarschule, wo eine strenge Disziplin herrschte.

Die spartanische Erziehung hatte zum Ziel, die Kinder abzuhärten. Die Jungen bekamen pro Jahr nur eine Tunika, sie hatten weder Sandalen noch Bettzeug und mußten auf der Erde schlafen.

Man gab ihnen so wenig zu essen, daß sie sich die Nahrung stehlen mußten. Das sollte sie darauf trainieren, als Soldaten in feindlichem Land zu überleben.

Das Hauptgewicht der Erziehung lag auf der Ausbildung zu guten Soldaten. Die meiste Zeit war dem Waffenhandwerk und nur wenig dem allgemeinbildenden Studium gewidmet.

Die Jungen wurden fürchterlich geschlagen. Wettbewerbe sollten zeigen, wer am meisten ertragen konnte, ohne zu klagen.

Sie lernten Lieder vom Krieg und von der Liebe zur Heimat. Tanzen sollte den Körper stark und geschmeidig machen.

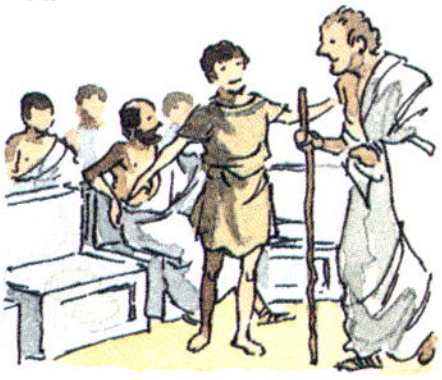

Die Spartaner gaben viel auf den Rat alter Leute. Die jüngeren wurden angehalten, ihnen jederzeit Respekt zu erweisen.

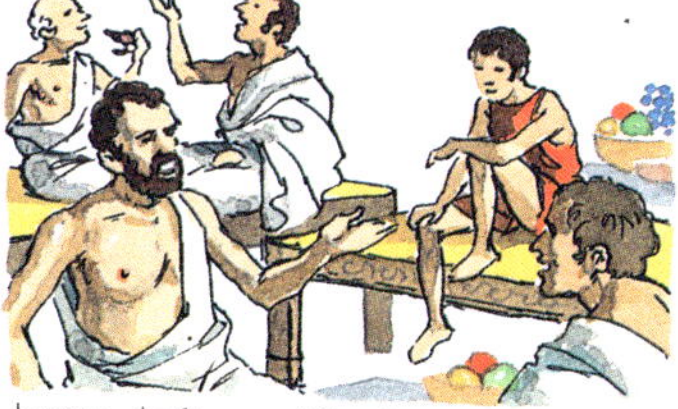

Jungen durften an öffentlichen Festessen teilnehmen, die einmal im Monat stattfanden, damit sie aus den Gesprächen der Männer lernten.

Obwohl spartanische Mädchen nicht zur Schule gingen, wurden sie streng erzogen. Ihre Erziehung schloß Ringen und Kraftsport ein.

Spiele, Musik und Unterhaltung

Die Männer besuchten regelmäßig das Sportzentrum der Stadt, das **gymnasium**, um dort Sport zu treiben (z. B. Ringen) oder um Freunde zu treffen.

Auch kämpferische Ballspiele waren bekannt. Dieses Spiel auf dem Relief sieht unserem Hockey sehr ähnlich.

Hahnenkämpfe bis zum Tod eines der Tiere galten als aufregender Sport. Manchmal wählte man auch andere Tiere für die Kämpfe.

Auch Brettspiele waren bekannt. Diese beiden Soldaten auf dem Vasenbild spielen ein Spiel, das unserem Damespiel verwandt sein könnte.

Beim Knöchelspiel wurden vier Knöchel in die Luft geworfen. Ihre Seiten waren numeriert und bei einer bestimmten Zahlenkombination hatte man gewonnen.

Musik und Tanz

Obwohl die Musik in der Erziehung eine wichtige Rolle spielte, waren die meisten Berufsmusiker und -tänzer Sklaven oder freie Sklaven, die auf besonderen Schulen ausgebildet waren. Einige gehörten zur Familie und unterhielten die Gäste während des Essens. Andere konnten für Feste und besondere Anlässe gemietet werden.

Gewisse religiöse Feste boten für alle Bürger die Gelegenheit zum Tanz.

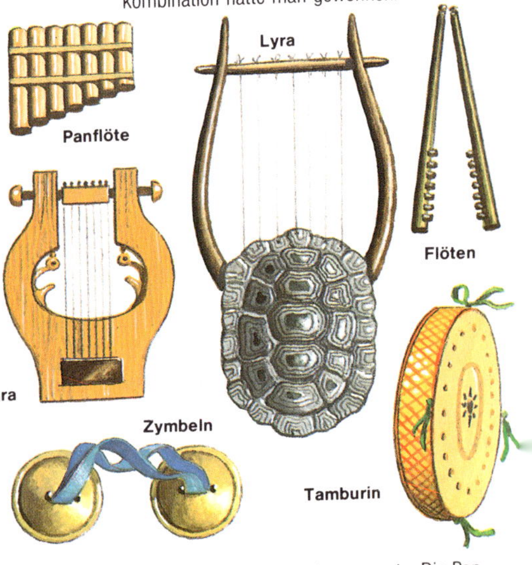

Hier eine Auswahl griechischer Musikinstrumente. Die Panflöte hat ihren Namen vom Gott Pan, der sie angeblich erfunden hat.

Gesellschaften

Zu Festessen wurden nur Männer geladen, doch oft waren auch einige kluge und schöne unverheiratete Frauen zugegen, die Hetären genannt wurden. Im **andron**, dem Speisezimmer, speisten die Gäste liegend, und jeder hatte seinen eigenen Tisch. Sklaven servierten die Speisen und boten den Gästen Blumenkränze dar. Auf das Essen folgte das **symposion**: Man trank und diskutierte.

Wein trank man immer mit Wasser verdünnt. Gemischt wurde er in einem großen Krug, **krater** genannt.

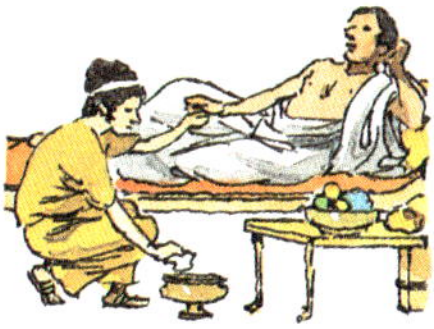

Man aß mit den Fingern. Zwischen den einzelnen Gängen wurden die Finger von Sklaven gewaschen.

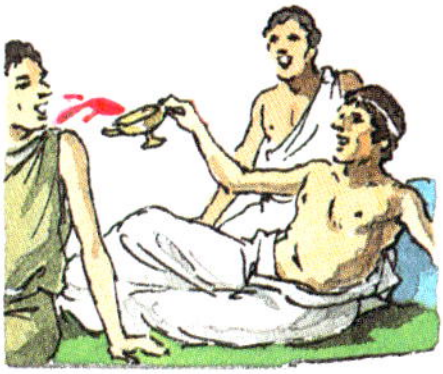

Beim Essen war **kottabos** ein beliebtes Spiel. Ein Weinrest im Becher wurde dabei auf ein bestimmtes Ziel geschleudert.

Für Gesellschaften konnten die verschiedenartigsten Unterhaltungskünstler verpflichtet werden: Jongleure, Akrobaten, Schwerttänzer, Geschichtenerzähler, Schauspieler oder Tänzer, die von Musikanten begleitet wurden.

Die Olympischen Spiele

Die Olympischen Spiele wurden alle vier Jahre in Olympia zu Ehren des Zeus, des höchsten der Götter, abgehalten. Es gab auch andere Spiele, die sportliche Wettkämpfe einschlossen, doch die olympischen waren die berühmtesten. Aus ganz Griechenland und den Kolonien kamen Männer, um ihnen beizuwohnen. Kriege wurden für drei Monate unterbrochen, um allen eine sichere Reise zu ermöglichen. Die Spiele fanden vermutlich 776 v. Chr. erstmals statt.

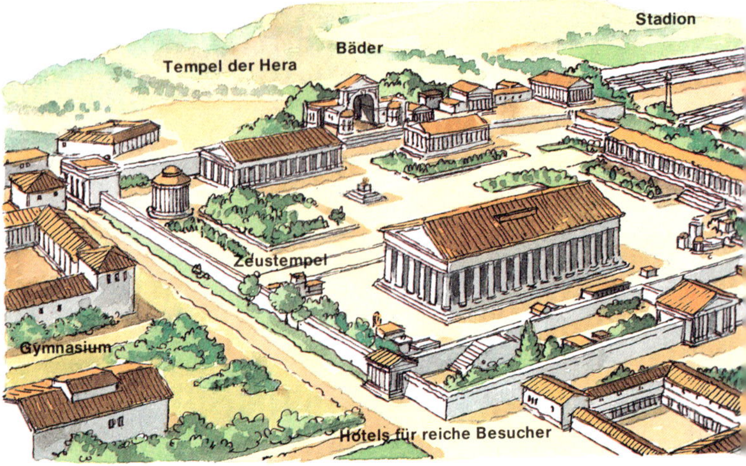

In vielen Tempeln verehrten die Menschen die Götter und brachten ihnen Opfer. Diese Zeus-Statue in seinem Tempel in Olympia war 13 Meter hoch und aus Gold und Elfenbein gefertigt.

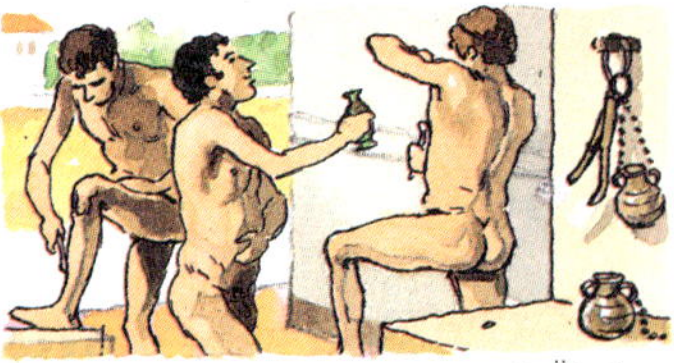

Die Athleten rieben ihre Körper mit Öl ein, um sich gegen Sonne und Schmutz zu schützen. Nach dem Kampf wurde das Öl mit einem gebogenen Instrument **(strigilis)** entfernt.

Richter überwachten von einem erhöhten Platz im Stadion aus alle Wettkämpfe. Es gab nur wenige Sitzplätze; die meisten Zuschauer mußten stehen.

Die Sieger erhielten Bänder, Palmzweige oder Kränze als Preise. Sie kämpften um des Ruhmes willen, nicht um Geld. Zum Abschluß fand ein großes Festessen statt.

Die Wettkämpfe

Die Spiele dauerten fünf Tage. Alle Athleten waren Männer. Der Fünfkampf (**pentathlon**) erforderte vielseitige Athleten. Die Übungen (Diskus- und Speerwerfen, Springen, Laufen und Ringen) mußten an einem Nachmittag absolviert werden.

Die älteste Sportart war der Wettlauf. Er führte über eine, zwei oder 24 Stadionlängen.

Bei einem anderen Lauf trugen die Männer Helme, Beinschienen und ihre Schilde.

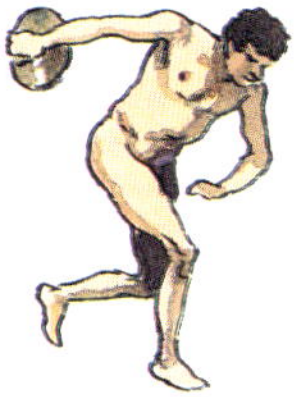

Eine andere Sportart war das Diskuswerfen. Der Diskus war eine flache Bronzescheibe von der Größe eines Suppentellers.

Die Speerwerfer wanden sich Lederriemen um die Finger, damit der Speer sich leichter schleudern ließ.

Die Weitspringer schwangen während des Sprunges Gewichte nach vorn.

Auch Wagenrennen gehörten zu den Wettkämpfen. Ursprünglich waren es Rennen für Wagen, die von Maultieren gezogen wurden.

Pferde- und Wagenrennen fanden im Hippodrom (**hippos** = Pferd) statt. Man ritt ohne Sattel und Steigbügel.

Der Ringkampf dauerte so lange, bis ein Kämpfer aufgab oder der Sieger seinen Gegner dreimal zu Boden geworfen hatte.

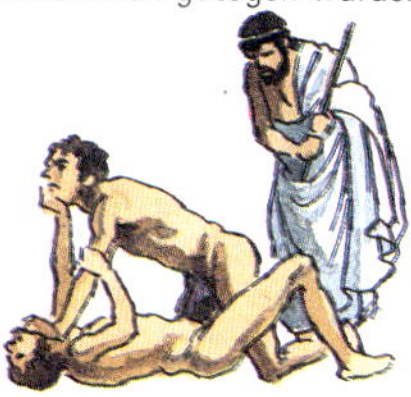

Das **pankration** war ein brutaler Zweikampf, für den es jedoch scharfe Regeln gab, deren Einhaltung ein Schiedsrichter überwachte.

Boxer hatten die Fäuste mit Lederriemen umwickelt, unter denen sich oft ein Stück Schaffell befand.

Daneben gab es besondere Spiele, an denen Frauen teilnehmen konnten. Sie waren Teil eines Festes zu Ehren der Göttin Hera.

Das Theater

Das Drama entwickelte sich aus den Gesängen und Tänzen zum Dionysos-Fest, das in Athen zu Ehren des Gottes des Weins abgehalten wurde. Die Lieder wurden von einer Gruppe von 12-15 Männern gesungen, die der Chor genannt wurde. Dazu kam ein Schauspieler, der mit dem Leiter des Chores sprach. Als mehr Schauspieler hinzukamen, wurden Worte und Handlung immer wichtiger und man begann, richtige Theaterstücke zu schreiben.

Die Stücke wurden in Freilichttheatern aufgeführt. Für die Zuschauer wurden am Berghang Sitzgelegenheiten geschaffen, zuerst aus Holz, dann aus Stein. Der Philosoph Plato berichtet, daß in einigen Theatern Raum für etwa 30000 Zuschauer gewesen sei. Die Vorstellungen dauerten den ganzen Tag. Mehrere Stücke wurden hintereinander aufgeführt.

Eintrittskarten aus Bronze gaben an, in welchem Block sich der Sitzplatz befand. Arme wurden aus öffentlichen Mitteln unterstützt, um sie bezahlen zu können.

Wichtige Persönlichkeiten (Richter, hohe Beamte) saßen direkt vor der Bühne. Dieser Ehrensessel war für den Priester des Dionysos bestimmt.

Die Stücke unterteilte man in Tragödien und Komödien. Preisrichter zeichneten die Autoren der besten Stücke mit Efeukränzen aus.

Tragödien

Sie handelten von traurigen Vorfällen, den Konflikten der Liebe, Ehre und religiösen Pflichten. Gewöhnlich fußten sie auf Geschichten, die die Zuschauer gut kannten (z. B. Krieg um Troja). Dieses Gemälde zeigt Königin Klytaimnestra, die die trojanische Prinzessin Kassandra tötet.

Der Chor tanzte und sang zuweilen, doch seine Hauptaufgabe war es, durch Ansprachen ans Publikum das Stück zu erläutern.

Komödien

Dies Gemälde zeigt eine Szene aus einer Komödie. Diese Stücke machten sich über alles lustig, eingeschlossen Politik, Religion und wichtige Persönlichkeiten.

In den Komödien stellte der Chor manchmal Tiere dar. Auf diesem Bild sind seine Mitglieder als Vögel verkleidet.

Kostüme

Alle Schauspieler trugen Masken mit verschiedenen Gesichtsausdrücken. Wollten sie einen Wechsel ihrer Stimmung anzeigen, wechselten sie die Masken. Diese hatten große Mundöffnungen, damit man die Stimmen gut verstehen konnte.

In den Komödien trugen die Schauspieler zerlumpte Kleider, damit sie lustiger aussahen. Da es keine weiblichen Schauspieler gab, mußten Männer sich verkleiden und die Frauenrollen übernehmen.

Bühnenbild

Das gemalte Bühnenbild stellte in der Regel einen Palast oder einen Tempel dar, wie auf diesem Krug zu sehen ist.

Szenenwechsel kamen nicht häufig vor. Vermutlich drehte man dabei Teile der Kulissen.

Landwirtschaft

Viele Menschen im alten Griechenland waren Bauern, obwohl gutes Ackerland rar war, denn der größte Teil des Landes ist gebirgig und der Boden mager. Hauptsächlich wurden Weizen, Gerste, Wein und Oliven angebaut. Das beste Weideland war in den sumpfigen Gegenden Thessaliens und Böotiens. Anderswo gab es kaum saftige Weiden, so daß nur wenige Bauern Pferde und Rinder halten konnten. Die meisten Bauern hielten die Ochsen nur, um mit ihnen das Land zu pflügen.

Weizen und Gerste wurden in den Ebenen angebaut. Das Jahr des Bauern begann im Oktober. Er pflügte das Land und säte dann das Korn. Jedes Jahr ließ man einen Teil des Landes brachliegen (es wurde nicht bebaut), so daß der Ackerboden sich erholen konnte.

Während des Winters, wenn es regnete, wuchs das Korn. Im Mai war es reif und wurde mit Sicheln geschnitten.

Beim Dreschen (Trennen des Korns von den Halmen) legte man das Getreide auf runde, gepflasterte Plätze und trieb Vieh darüber. Beim Worfeln (Trennen der Körner von der Spreu) wurde das Korn so lange in die Luft geworfen, bis die leichtere Spreu davongeweht war.

Der Wein wurde in Weingärten an den Hängen niedriger Hügel gezogen. Erntezeit war im September.

Ein Teil der Trauben wurde gegessen, der Rest zu Wein verarbeitet. Männer zertraten die Trauben mit den Füßen, um den Saft herauszupressen. Dieser wurde in Krüge gefüllt und wurde durch Gärung zu Wein.

Zum Olivenpflücken kletterten die Männer in die Bäume oder schlugen die Früchte mit Stöcken herab. Die Bäume durften nicht gerodet werden.

In einer Presse wurde aus den Oliven Öl gewonnen. Man verwendete es zum Kochen, als Brennstoff für Lampen und zur Körperpflege.

Die Bauern bauten auch Gemüse an: Erbsen, Bohnen, Rüben, Gurken, Knoblauch, Zwiebeln, Salat, Lauch, Artischocken, Karotten und Kürbisse. Dazu kamen Nüsse und mancherlei Obst: Äpfel, Birnen, Pflaumen, Feigen, Mandeln, Granatäpfel und Melonen.

Nur wenige reiche Bauern konnten sich Reit- oder Zugpferde leisten.

An den Berghängen grasten Schafe und Ziegen. Sie wurden wegen ihrer Wolle, ihres Fleisches und ihrer Milch gehalten.

Um sich mit Fleisch und Eiern zu versorgen, hielten die Bauern Schweine und Geflügel.

Zusätzlich machte man Jagd auf Hirsche, Hasen und wilde Eber.

Das Essen

Die meisten Leute lebten von einer Art Haferbrei, Brot, Käse, Obst, Gemüse und Eiern. Fleisch kam auch bei Reichen selten auf den Tisch. Morgens und mittags gab es nur leichtes Essen, die Hauptmahlzeit war abends.

Da die meisten Griechen in Meeresnähe lebten, aßen sie viel frischen oder getrockneten Fisch (wichtig als Eiweißlieferant).

Da sie keinen Zucker kannten, süßten sie ihre Speisen mit Honig. Bienen wurden in Körben aus Ton gehalten.

Arbeitswelt

Viele Griechen verdienten ihren Unterhalt als Handwerker. Die Kunstfertigkeit wurde wahrscheinlich vom Vater an den Sohn weitergegeben. Die meisten Werkstätten waren klein und wurden von einer Familie und ihren Sklaven betrieben (in der Regel insgesamt etwa 6 Personen). Größere Betriebe brauchten eine Menge Sklaven, so daß manche Leute Sklaven nur hielten, um sie zu vermieten. Die Frauen arbeiteten zu Hause.

Tischler stellten Möbel her, Teile von Waffen und Werkzeugen und waren auf dem Bau beschäftigt. Diese Männer arbeiten an einer Truhe.

Töpferei

Der Ofen ist aufgeschnitten, damit du hineinschauen kannst.

Töpfern war ein wichtiges Handwerk, denn die Töpfer stellten viele Haushaltsgegenstände her (Lampen, Kochtöpfe). Zuerst grub man den Ton aus und mischte ihn mit Wasser. Ein Töpfer formte den Topf, während ein Helfer die Scheibe drehte. Dann wurde der Topf in einem Ofen gebrannt.

Das Bemalen der Töpfe

Die Kunst der Griechen, Töpferware zu bemalen, wurde in der gesamten Alten Welt bewundert. Zuerst wurde der Entwurf mit einer Mischung aus Ton, Wasser und wahrscheinlich Holzasche auf den ungebrannten Topf gemalt. Dann kam er in den Ofen, dessen Öffnungen verschlossen wurden. Der Luftmangel ließ den Topf schwarz werden. Danach ließ man wieder Luft hinein. Die bemalten Teile blieben schwarz, die restlichen Flächen wurden rot.

Bergbau

Bergbauwerke und Steinbrüche gehörten dem Staat und wurden an Privatpersonen verpachtet. Viele Sklaven arbeiteten hier unter sehr schlechten Bedingungen.

Schmiedehandwerk

Eisen wurde hauptsächlich für Waffen und Werkzeuge gebraucht. Eisenerz wurde mit Holzkohle gemischt und in einen Schmelzofen gefüllt. An seinem Boden bildeten sich Eisenklumpen, die vor der Weiterverarbeitung noch einmal erhitzt wurden.

Bearbeitung von Bronze

Die Griechen waren Meister des Bronzegusses nach der Methode der „verlorenen Form": Zuerst machte man einen Tonkern, in dem Pflöcke steckten. Rund um den Kern wurde die Statue in Wachs modelliert und das Ganze dann mit Ton überzogen. Das mit Ton umhüllte Modell wurde erhitzt, wobei das Wachs schmolz und herauslief. Währenddessen hielten die Pflöcke den Kern an seinem Platz.

In die Hohlräume, in denen vorher das Wachs gewesen war, wurde jetzt geschmolzene Bronze gegossen. Wenn sie erkaltet war, wurde die Tonhülle entfernt.

Es gab noch andere Methoden, Bronze zu bearbeiten. Sie konnte direkt in Formen gegossen werden (links) oder durch Erhitzen weich gemacht und gehämmert werden (rechts).

Bildhauer

Hier arbeitet ein Bildhauer an einer **herme**, einer Statue, die die Leute vor ihren Eingangstüren aufstellten. Bildhauer fertigten Statuen aus Stein, Bronze, Elfenbein und Gold.

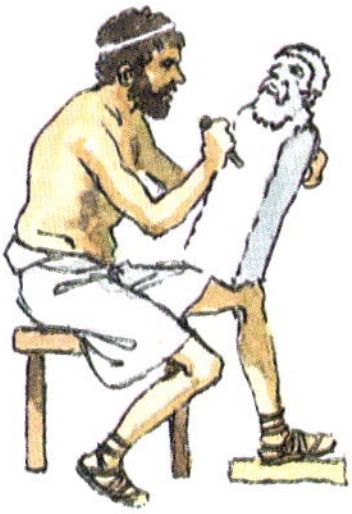

Wenn sie fertig war, wurde die Statue bemalt. Griechische Statuen waren immer ganz oder teilweise bemalt. Heute ist nur noch der nackte Stein zu sehen.

Einige geschickte Sklaven wurden von ihren Herren als Schuster ausgebildet. Sie erhielten einen Teil seines Gewinns.

Tüchtige Bootsbauer waren immer gesucht, um Boote für Fischerei, Verkehr und die Marine zu bauen.

Manche Männer arbeiteten zeitweilig als Fischer, um ihre Familien mit zusätzlicher Nahrung zu versorgen.

Keramik

Griechische Töpfe und Vasen waren nicht nur von geschickten Künstlern bemalt, sondern auch haltbar und praktisch. Man sah in ihnen keine Schmuckstücke; sie wurden allein für den täglichen Gebrauch gemacht. Hier ist eine Übersicht, die dir helfen soll, die wichtigsten Stile und Formen zu unterscheiden.

Stilarten

Der **protogeometrische** Stil fällt in die Zeit von 1000 bis 900 v. Chr. Suche in der Bemalung nach Kreisen oder Halbkreisen.

Töpfe mit **geometrischen** Mustern wie dieser stammen aus der Zeit zwischen 900 und 700 v. Chr.

Das 6. Jahrhundert war die Periode des **orientalisierenden** Stils, der vom Osten beeinflußt war. Die Bemalung zeigt Tiere und Pflanzen.

Schwarzfigurige Töpferware (schwarze Figuren auf rötlichem Untergrund), angefertigt zwischen 600 und 530 v. Chr.

Rotfigurige Töpferware (rote Figuren auf schwarzem Untergrund) wurde seit 530 v. Chr. gefertigt.

Vasen mit Figuren auf weißem Untergrund (seit 500 v. Chr.)

Manche Töpfer machten Becher in der Form menschlicher oder tierischer Köpfe.

Seit ungefähr 400 v. Chr. ließ die künstlerische Qualität nach. Die Keramiken ahmten entweder Metallvasen nach oder waren gekünstelt und übertrieben verziert.

Charakteristische Formen

Zur Aufbewahrung von Wein benutzte man Amphoren. Diese Krugtypen waren sehr verbreitet.

stamnos (links) und **pelike** (rechts) waren ebenfalls Vorratsgefäße.

Die Griechen tranken Wein mit Wasser vermischt, das in einer Kanne serviert wurde. Links eine **olpe**, rechts eine **oinochoe.**

Einige Becher waren so groß, daß sie bei einem feierlichen Umtrunk von Gast zu Gast weitergereicht werden konnten. Ihre Griffe waren so geformt, daß man die Becher im Liegen halten konnte.

Die griechischen Frauen trugen Wasser in einem Krug, der **hydria** genannt wurde. Er hatte drei Henkel.

krater waren Gefäße zum Mischen von Wein und Wasser. Das Gefäß links nennt man **voluten-** (= schneckenförmigen) **krater**.

Ein **kyathos** war eine Schöpfkelle. Man benutzte sie, um Wein aus einem **krater** in Becher und Krüge zu füllen.

Öl und Parfüm wurden in kleinen Flaschen aufbewahrt. Hier seht ihr einen **aryballos** (links), einen **alabastron** (Mitte) und einen **lekythos** (rechts). Das Gefäß ganz rechts ist eine **pyxis.** Darin wurden Kosmetika aufbewahrt.

Götter und Göttinnen

Die Griechen verehrten zahlreiche Götter und erzählten sich Hunderte von Geschichten über sie. Es gab lokale Gottheiten, aber auch solche für alle Fragen von Leben und Tod. Der Sage nach gebar Mutter Erde alles Leben. Die ersten Götter wurden Titanen genannt. Zeus, Sohn der Titanen Krones und Rhea, riß die Macht für sich und seine Geschwister an sich. Diese waren in der klassischen Zeit die wichtigsten Götter. Sie wurden Olympier genannt, denn man glaubte, daß sie auf dem Olymp wohnten.

Zeus, Gott des Himmels und des Donners, herrschte auf dem Olymp über die Götter. **Hera**, seine Gemahlin und Schwester, war die Göttin aller Frauen.

Demeter, eine Schwester des Zeus, war die Göttin der Erde und des Getreides.

Aphrodite war die Göttin der Liebe und der Schönheit. Ihr Sohn **Eros** machte die Menschen verliebt, indem er sie mit Pfeilen beschoß. Ihr Gemahl **Hephaistos** war der Künstler unter den Göttern.

Ares, der Kriegsgott, liebte Aphrodite.

Athene, Tochter des Zeus, war die Göttin der Weisheit und der Stadt Athen.

Apollo, der Sonnengott, war der Beschützer der Musik und der Dichtkunst.

Artemis war die Göttin des Mondes, der Jagd und der Frauen.

Poseidon, Bruder des Zeus, war der Gott des Meeres.

Hermes, der Götterbote, Beschützer der Kaufleute und Reisenden, brachte die Toten in die Unterwelt.

Pluto, Bruder des Zeus, herrschte in der Unterwelt, dem Totenreich, zusammen mit **Persephone**, Tochter der Demeter, die er entführt hatte. Demeters Gram darüber ließ es auf der Erde Winter werden. Doch jedes Jahr kehrte Persephone zu ihrer Mutter zurück und mit ihr der Frühling.

Dionysos, Gott des Weines.

Pan, der Landgott, war zur Hälfte ein Ziegenbock. Er blies die Panflöte.

Asklepios, Sohn Apollos, war der Gott der Heilkunde. Sein Zeichen war die Schlange.

Geringere Götter und Geister

Außer den großen Göttern gab es eine Vielzahl götterähnlicher Wesen.

Die **Kentauren** waren halb Menschen, halb Pferde.

Neun **Musen** wachten über Künste und Wissenschaften.

Nymphen waren schöne Mädchen, die in Bäumen und Flüssen lebten.

Die **Erynien** waren hundsköpfige Geschöpfe mit Fledermausflügeln und Schlangen anstelle der Haare. Sie verfolgten Mörder und trieben sie zum Wahnsinn.

Boreas war der Nordwind.

Charon beförderte die Toten über den Styx in die Unterwelt. **Kerberos (Cerberus)**, ein dreiköpfiger Hund, bewachte deren Eingang.

Helden

Viele griechische Gedichte und Theaterstücke beruhen auf Geschichten, die man sich von den sagenhaften Helden erzählte. Einige von ihnen haben eventuell in mykenischer Zeit oder früher wirklich gelebt. Mit der Zeit veränderten sich die Geschichten, neue kamen hinzu, bis sie schließlich zu übernatürlichen Heldentaten geworden waren. Hier ein paar der wichtigsten Helden.

Herakles wurden 12 unlösbare Aufgaben gestellt (u. a. mußte er mit Ungeheuern kämpfen). Doch er schaffte es und wurde ein Gott.

Theseus tötete den Minotauros, ein Ungeheuer, das auf Kreta lebte. Es hauste in einem unterirdischen Labyrinth und fraß Menschen.

Es gab viele Geschichten über den Trojanischen Krieg. Die Flucht des trojanischen Prinzen Paris mit der spartanischen Königin Helena löste ihn aus.

Die Griechen zogen nach Troja, um Helena zurückzuholen. Nach zehnjähriger Belagerung wurden die Trojaner besiegt. Die Griechen überlisteten sie, indem sie Soldaten in einem hölzernen Pferd versteckten, das sie den Trojanern schenkten.

Die Odyssee berichtet vom Helden Odysseus und den vielen Abenteuern, die er während seiner Rückkehr von Troja erlebte.

Jason und seine Gefährten, die Argonauten, gingen auf die Suche nach dem goldenen Vlies, das sie mit Hilfe der Prinzessin Medea fanden.

Jason heiratete Medea, verließ sie jedoch später. Aus Rache tötete sie ihre Kinder und entfloh in einem Wagen, der von Drachen gezogen wurde.

Oedipus, der seine wirkliche Herkunft nicht kannte, erschlug seinen Vater und heiratete seine Mutter. Dies erzürnte die Götter und brachte ihn ins Verderben.

Perseus trug geflügelte Sandalen, so daß er fliegen konnte. Er tötete die Gorgo Medusa und rettete eine Prinzessin aus der Gewalt eines Seeungeheuers.

Bellerophon zähmte Pegasus, das geflügelte Pferd, und tötete die löwenköpfige, natterngeschwänzte, feuerspeiende Chimäre.

Religion

In den Häusern standen Altäre für den Gottesdienst der Familie. Dort verbrannte man Weihrauch, opferte Speisen und betete zu dem Gott, von dem man glaubte, daß er helfen könne.

Das Haus eines Gottes war der Tempel. Hier das Modell eines Tempels aus früher Zeit. Wahrscheinlich waren sie aus Lehm oder Holz. Sie hatten eine Säulen-Vorhalle und im Innern ein Gemach, die **cella**.

Mit der Zeit erbaute man größere und kunstvollere Tempel aus Stein mit Dächern aus Ziegeln oder Stein. Dies ist der Parthenon-Tempel in Athen, der zur Verehrung der Göttin Athene bestimmt war.

In der **cella** befand sich eine Statue der Gottheit. Im Parthenon stand eine 12 Meter hohe Statue der Athene aus Gold und Elfenbein. Da es im Tempel keine Gemeinschaftsgottesdienste gab, beteten die Besucher hier für sich allein.

Der Tempelschatz enthielt Opfergaben (z. B. Schmuck) von Menschen, die den Göttern danken wollten oder ihre Gunst zu erringen hofften.

Priester und Priesterinnen mußten jeden Tag vorgeschriebene Gottesdienste abhalten, z. B. Weihrauch brennen oder den Göttern Speiseopfer reichen. Einige wenige Tempel hatten junge Mädchen als spezielle Priesterinnen.

Religiöse Feste

Die Griechen hatten viele Feste, um die Feiertage ihrer Götter zu begehen. Auf einem Altar vor dem Tempel wurde ein Tier geopfert. Geschlecht, Farbe und Art des Tieres waren bei den einzelnen Göttern verschieden. Weihrauch, Hymnen und Gebete gehörten dazu. Wenn man zu einem Gott der Unterwelt betete, senkte man die Palmwedel nach unten, bei den anderen Göttern wiesen sie nach oben. Gewöhnlich kamen Prozessionen und oft dramatische oder sportliche Wettkämpfe dazu.

Das wichtigste Fest in Athen waren die Panathenäen zu Ehren der Göttin Athene. Eine Prozession zog zum Parthenon und überbrachte der Göttin ein kostbares neues Gewand. Dieses Fest wurde alle vier Jahre abgehalten. Dazwischen fanden weniger prächtige Feste statt.

Während der Prozessionen wurde häufig gesungen und getanzt. Die Feste zu Ehren des Dionysos waren überaus ausgelassen. Die oft betrunkenen Teilnehmer waren dafür bekannt, daß sie Tiere und sogar Menschen töteten, so daß man Maßnahmen ergriff, um sie im Zaum zu halten.

An den Anthesterien in Athen zu Ehren des Dionysos nahmen dreijährige Kinder teil, die winzige Krüge zum Geschenk erhielten.

Mysterienkulte

Ein Mysterienkult war ein geheimer Kult, der einem besonderen Gott galt. Am berühmtesten waren die der Demeter und der Persephone in Eleusis. Die Mitgliedschaft war abgestuft, und auf jeder Stufe lernte man ein neues Geheimnis kennen. Da die Mitglieder Schweigen bewahrten, wissen wir wenig von den Kulten.

Diese Abbildung zeigt, was bei der abschließenden Aufnahmezeremonie in Eleusis geschehen sein könnte. Die Göttinnen selbst nehmen das neue Mitglied in den Kult auf, wobei Priesterinnen ihre Rolle übernehmen.

Botschaften der Götter

Man glaubte, daß Priester, Wahrsager genannt, Botschaften der Götter deuten konnten. Man sah z. B. Gewitter, Träume oder die Geburt eines mißgestalteten Kindes als Botschaften der Götter an.

Die Priester konnten durch Beobachtung des Vogelflugs oder Prüfung der Eingeweide geopferter Tiere herausfinden, ob die Götter wohlgesonnen waren.

Orakel

Wünschte man die direkte Antwort eines Gottes auf eine schwierige Frage, konnte man ein Orakel befragen. Das berühmteste Orakel war das des Apollo in Delphi. Man sandte dem Gott seine Frage schriftlich. Dann versetzte sich eine Priesterin (Pythia genannt) in Trance und sprach anstelle des Gottes. Ein Priester deutete ihre oft rätselhaften Antworten.

Beerdigungen

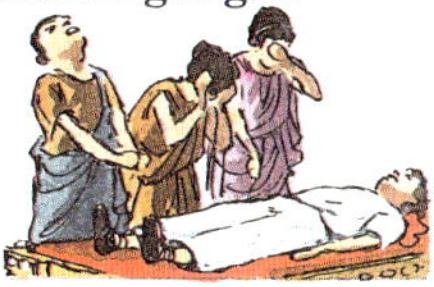

Ein Verstorbener wurde weiß gekleidet und im Haus aufgebahrt, so daß Freunde und Verwandte ihm die letzte Ehre erweisen konnten.

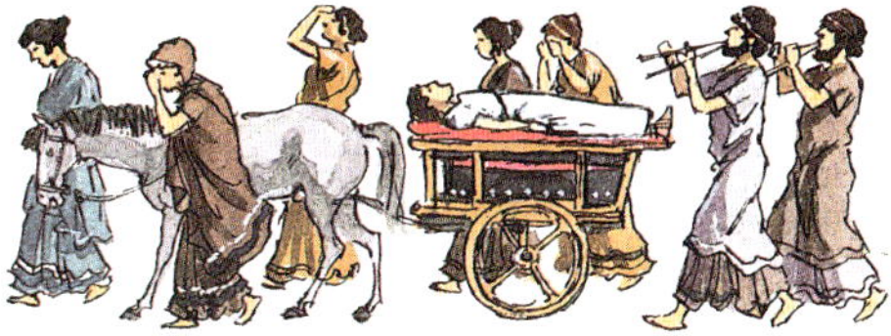

Am nächsten Tag wurde der Leichnam zum Grab gebracht (bei reichen Leuten auf einem Karren). Ihm folgte eine Prozession, zu der Musikanten und Klageweiber gehörten. Der Leichnam oder seine Asche wurde dann im Grab beigesetzt. Ihm wurden Speiseopfer und persönlicher Besitz beigegeben.

Die Angehörigen brachten dem Verstorbenen noch lange nach der Beerdigung regelmäßig Opfer dar.

Die Griechen glaubten, daß die Toten in die Unterwelt eingingen, ein graues, schattiges Reich, in dem sie umherwandelten. Die Bösen mußten dort Strafen erleiden, den Guten aber war in den Elysischen Gefilden ewige Glückseligkeit beschieden.

Militärwesen

In der klassischen Periode hatte jeder Stadtstaat seine eigene Armee. Alle Bürger mußten zum Kampf bereit sein, wann immer es notwendig war. Fast immer fand irgendwo in Griechenland ein Krieg statt. Wenn eine Stadt eine andere bekriegen wollte, wurde ein Tier geopfert, um anhand seiner Eingeweide festzustellen, ob die Götter einen Krieg befürworteten. Dann wurde ein Herold ausgeschickt, um den Krieg zu erklären. Das athenische Heer wurde von zehn Generälen befehligt.

Hier eine Auswahl von Rüstungen und Waffen, die benutzt wurden. Jeder Soldat mußte sich selbst ausrüsten. Arme Bürger, die sich keine Rüstung leisten konnten, gingen gewöhnlich als Ruderer zur Marine.

Wie sie zu kämpfen hatten, lernten die griechischen Männer in der Schule. In der Schlacht kämpften sie in einer Schlachtordnung Schulter an Schulter (Phalanx). In der Regel warfen sie zuerst ihre Speere, ehe sie gegen den Feind stürmten.

Thessalien und Böotien hatten Reiterei. Die meisten Heere benutzten Reiter nur als Späher und Kundschafter.

Jede Armee verfügte über eine kleine Einheit von Bogenschützen und leichtgepanzerten Speerwerfern.

Dieses Vasenbild zeigt einen verwundeten Soldaten, der verbunden wird.

Die spartanische Armee

Sie war von allen am meisten gefürchtet. Die Erziehung war besonders darauf ausgerichtet, gute, gehorsame Soldaten hervorzubringen. Sogar nach der Heirat (mit 30 Jahren) wohnten sie weiterhin in Kasernen. Einer der beiden Könige befehligte die Armee.

In der hellenistischen Periode spielte die Reiterei eine wichtigere Rolle. Philipp von Mazedonien und sein Sohn Alexander waren ausgezeichnete Heerführer, die Reiterei und Fußtruppen gleichzeitig einsetzten.

Sie bevorzugten leichtere Rüstungen, so daß die Soldaten beweglicher waren. Die Spieße waren bis zu 6 Meter lang.

Belagerungskrieg

Man wandte häufig die Taktik an, die Getreidefelder des Feindes zu zerstören, die Stadt von allen Seiten einzuschließen und vom Nachschub abzuschneiden.

Der Historiker Thukydides berichtet von Flammenwerfern, die man bei Belagerungen verwendete. Gewaltige Blasebälge bliesen Luft durch ein Rohr in einen Kessel mit brennendem Teer. Die Flammen wurden nach vorn geschleudert und breiteten sich überall aus.

Etwa um 400 v. Chr. hatte man damit begonnen, Sturmböcke zum Angriff auf die gegnerischen Mauern und Katapulte mit brennenden Speeren zu benutzen. Von Belagerungstürmen aus kletterten Soldaten auf die Mauern.

Seeschlachten

Die Taktik einer Seeschlacht bestand darin, das feindliche Schiff zu rammen oder so geschickt zu manövrieren, daß dessen Ruder brachen. War man nah genug am feindlichen Schiff, wurde es geentert und die Soldaten kämpften.

Reisen

Die meisten Leute in Griechenland reisten zu Fuß. Auf längere Reisen nahmen sie einen Wanderstab und einen Klappstuhl mit, wenn sie sich am Wegrand ausruhen wollten. Die Wohlhabenden reisten zu Pferde oder in einer Kutsche.

In der Nacht führte man Fackeln mit sich. Straßenbeleuchtung gab es nicht.

Wegelagerer und die dauernden Kriege machten das Reisen in einigen Landesteilen sehr gefährlich.

Nur auf wenigen vielbenutzten Strecken gab es annehmbare Straßen, freilich kaum Brücken. Im Winter blieben Kutschen und Wagen oft im Schlamm stecken. Für den Transport von Gütern bevorzugte man Esel oder Maultiere.

In den wenigen Herbergen bekam man nicht immer auch etwas zu essen. Die Leute betrachteten es als ihre Pflicht, einem schutzsuchenden Reisenden ihre Gastfreundschaft anzubieten.

Seereisen

Wenn möglich versuchte man, längere Reisen per Schiff zu unternehmen. Dafür war der Sommer die beste Zeit. Auch Seereisen hatten ihre Gefahren: Stürme, felsige Küsten und Seeräuber. Unterwasser-Archäologen haben viele Wracks gefunden.

Die Marine

Von allen Stadtstaaten besaß Athen die mächtigste Marine. Sie wurde durch reiche Silbervorkommen finanziert, die man 483 v. Chr. bei Laureion entdeckt hatte. Mit ihrer Kriegsflotte gewann sie viele wichtige Seeschlachten gegen ihre mächtigen Feinde, die Perser, und wehrte Invasionsversuche ab. Kapitäne und Steuerleute waren ausgebildete Seeleute, die Ruderer jedoch waren gewöhnliche Männer

Einer der frühesten Schiffstypen war der „Fünfzigruderer", ein Langschiff mit 50 Ruderern.

Später richtete man auf jeder Seite des Schiffes zwei Ruderbänke ein, um es schneller und wendiger zu machen. Dieser Typ wurde **bireme** genannt. Der obige Querschnitt zeigt, wie die Ruderer saßen.

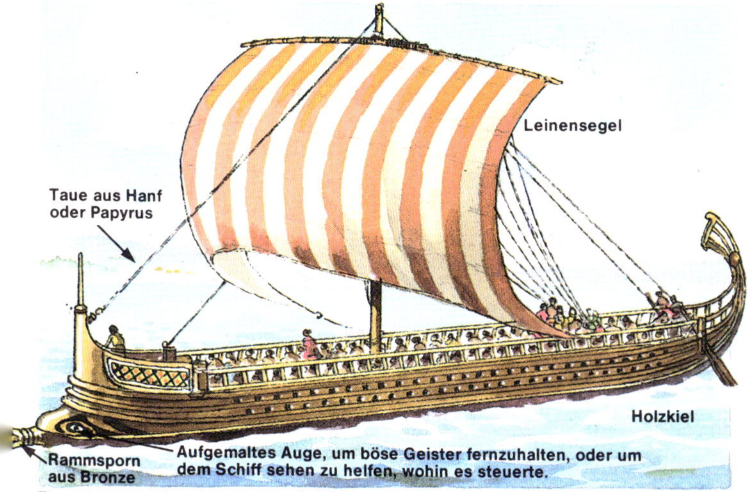

Eine **trireme** verfügte über drei Ruderbänke und 170 Ruderer. Die Experten sind sich nicht einig, wie sie angeordnet waren. Auf dem Oberdeck kämpften die Soldaten. Die Schiffe konnten nur kurze Zeit auf See bleiben, denn zum Kochen und Schlafen war wenig Platz. Später baute man **quadriremen** und **quinquiremen** mit vier und fünf Ruderbänken.

Handel und Kolonien

Die griechischen Stadtstaaten verkauften ihre überschüssigen Waren, indem sie untereinander und mit anderen Ländern rings um das Mittelmeer und das Schwarze Meer Handel trieben. Große Handelsgesellschaften gab es nicht. Jeder Kaufmann hatte gewöhnlich sein eigenes Schiff. Einige Kaufleute waren reich genug, ihre Geschäfte selbst zu finanzieren, viele andere mußten auf Bankkredite zurückgreifen. Viele der reichsten Kaufleute in Athen waren „Zugereiste". Da ihnen der Landerwerb verboten war, legten sie ihr Geld im Handel an.

Die Waren wurden in der Regel mit robusten Segelschiffen transportiert. Man orientierte sich an den Sternen und bekannten Landmarken.

Waren für das Inland wurden auf Mauleseln befördert.

Hier verhandeln zwei Händler aus verschiedenen Gegenden Griechenlands. Bezahlt wurde in Münzen.

Die wichtigsten Exportgüter waren Wein, Olivenöl, Tuche, Töpferwaren und Statuen.

Vom Schwarzmeergebiet importierte man Getreide, Kupfer, Zinn, Bauholz; aus Afrika und dem Osten Elfenbein, Weihrauch, Gewürze, Parfüm, Seide und – Sklaven.

Auf der Suche nach Absatzgebieten unternahm man weite Reisen. Diese Abbildung (nach einem Vasenbild) zeigt einen Kaufmann, der das Verladen von Fracht in Kyrenaika (Nordafrika) überwacht.

Forschungsreisende

Pytheas von Massilia (Marseille) bereiste 300 v. Chr. Nordeuropa. Er behauptete, die Britischen Inseln umsegelt zu haben, doch nur wenige glaubten ihm.

Im Jahr 120 v. Chr. traf der Kaufmann Eudoxos einen schiffbrüchigen indischen Seemann, von dem er lernte, die Monsunwinde zu nutzen. So war es ihm möglich, nach Indien und zurück zu segeln.

Die Kolonien

Zur Zeit der dorischen Einwanderung verließen viele Menschen Griechenland und siedelten sich in Ionien an (Westküste der heutigen Türkei). Die nächste Kolonisationswelle begann im 8. Jahrhundert v. Chr. Ein Bevölkerungszuwachs hatte zu einem bedrohlichen Mangel an Ackerland geführt, und viele wanderten aus.

Die Familien der Auswanderer brachen mit Tieren, Vorräten an Lebensmitteln und Saatgut auf. Sie siedelten in weiten, unbewohnten Gebieten und erbauten dort nach heimatlichem Vorbild neue Städte.

Karte der griechischen Siedlungsgebiete

Diese Karte zeigt die Ausbreitung der Siedlungen. Die neuen Städte produzierten Rohmaterialien und schufen neue Märkte für Exporte. Sie waren völlig unabhängig, obwohl ihre Landsleute ihnen manchmal zur Hilfe kamen, wenn sie von Feinden bedroht wurden. Ein in Italien siedelnder Stamm, die **graikoi**, wurde von den Römern später „graeci" genannt. Dieses Wort setzte sich für alle Menschen durch, die diese Sprache benutzten, und von ihm stammt unser Wort „Griechen".

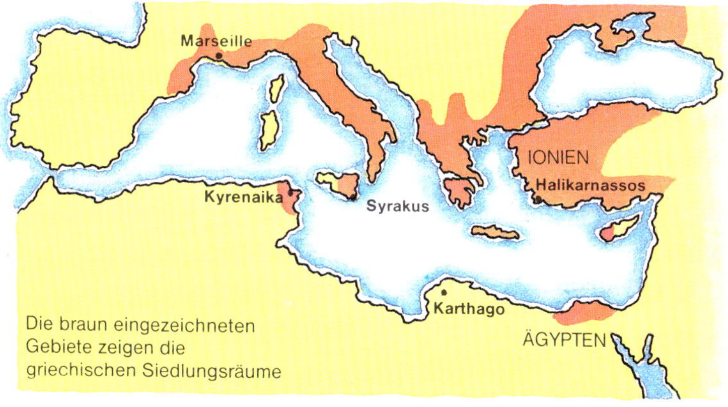

Das Regierungssystem

Entstehung der Stadtstaaten

In der mykenischen Zeit erbauten die Herrscher ihre Paläste auf hochgelegenen Plätzen, die leicht verteidigt werden konnten. Das Volk lebte innerhalb der Mauern.

Diese Siedlungen wuchsen über ihre ursprünglichen Mauern hinaus und wurden Städte. Um sie zu schützen, wurden neue Mauern gebaut.

In der klassischen Zeit zerfiel das Land in viele kleine Stadtstaaten. Jeder bestand aus der Stadt, dem umliegenden Land und seinen Dörfern.

Regierungsformen

In mykenischer Zeit wurden die Staaten von Königen mit Unterstützung des Adels regiert.

Gegen 800 v. Chr. wurden die meisten Könige ersetzt durch Oligarchien, kleine Gruppen von Aristokraten (**aristoi** = die Besten).

Da viele Leute mit den Oligarchien unzufrieden waren, verhalfen sie Tyrannen (= Alleinherrschern) zur Macht. Manche Tyrannen waren gute Herrscher, andere waren grausam und ungerecht.

Mit dem Beginn der klassischen Periode entstanden Demokratien. Alle Bürger hatten hierbei ein Mitspracherecht, jedoch galten nur bestimmte Männer als Bürger. Da die Staaten klein waren, konnten die meisten Bürger an den Versammlungen teilnehmen und wurden ermutigt, aktiven Anteil an der Politik zu nehmen. Das Wort „Politik" geht auf das griechische Wort **polis** (= Stadt) zurück.

In Athen wurde drei- oder viermal im Monat eine Volksversammlung abgehalten. Alle Bürger konnten teilnehmen, das Wort ergreifen und abstimmen.

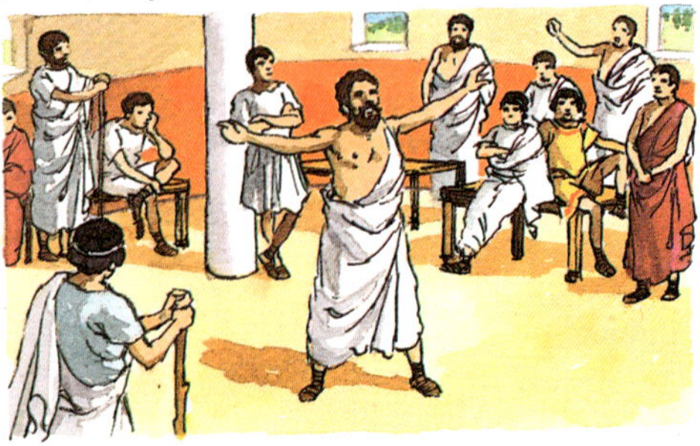

Eine Ratsversammlung von 500 Bürgern entschied über die politischen Angelegenheiten, die man in der Versammlung diskutieren sollte. Athen war in zehn Bürgergruppen aufgeteilt, die je 50 Vertreter in den Rat entsandten. Der Reihe nach führte jeweils eine von ihnen den Vorsitz. Ratsmitglieder waren ein Jahr im Amt.

Zuerst waren neun Männer, die Archonten, die höchsten Beamten. Später gab es auch zehn Generäle, die Strategen. Sie wurden jedes Jahr von der Versammlung gewählt.

Es gab eine große Zahl geringerer Beamter, die die täglichen Verwaltungsaufgaben übernahmen. Sie wurden durch das Los bestimmt, so daß auch arme Bürger die Chance hatten, Beamte zu werden.

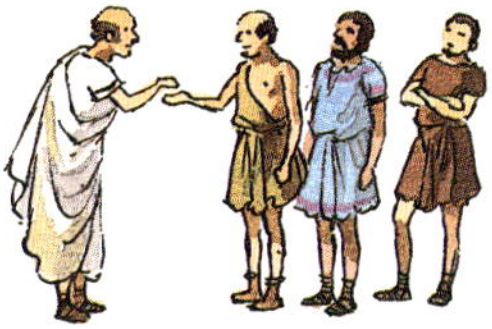

Armen Bürgern wurde ein Tageslohn erstattet, damit sie an der Versammlung teilnehmen und sich aktiv am politischen Leben beteiligen konnten.

Von den Reichen wurde erwartet, daß sie dem Staat Extrazuwendungen machten (im Kriegsfall oder für ein neues Theaterstück).

Dies ist Perikles, ein populärer Politiker, der in Athen zwischen 460 und 430 v. Chr. jedes Jahr wiedergewählt wurde.

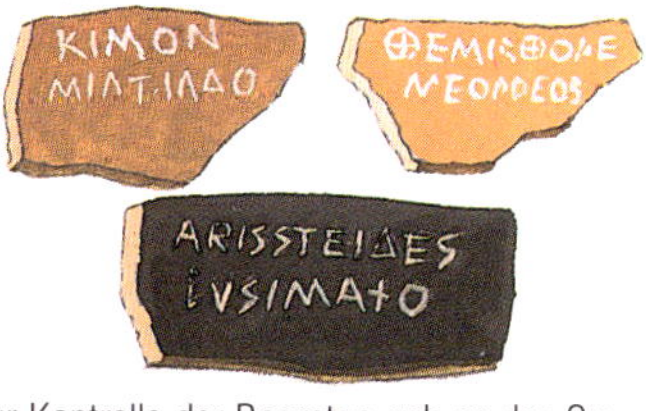

Zur Kontrolle der Beamten gab es das System des **ostrakismos** (= Scherbengericht). Dabei schrieben die Leute die Namen mißliebiger Beamter auf Tonscherben **(ostraka)**.

Wenn eine gewisse Anzahl von Leuten gegen einen Beamten gestimmt hatte, wurde er für zehn Jahre verbannt.

Nicht-Bürger

Folgende Gruppen der athenischen Bevölkerung waren keine Bürger: Frauen, Metöken (Zugewanderte, die ständig in Athen lebten), Sklaven und ehemalige Sklaven. Bei Heirat eines Bürgers mit einer Fremden konnten seine Söhne keine Bürger werden.

Haussklaven konnten sich ihre Freiheit erkaufen, wenn sie sich Geld zusammensparten. Einigen gewährte ihr Herr aus eigenem Entschluß die Freiheit.

Sklaven, die von ihren Herren zur Arbeit vermietet wurden, erhielten ein Sechstel ihres Lohnes für sich selbst.

Rechtssprechung

In Athen wurden die meisten Rechtsfälle vor Gerichtshöfen verhandelt, die aus mehr als 200 Männern bestanden, die durch das Los bestimmt wurden. Die Namen der Freiwilligen wurden auf Karten geschrieben und diese in ein Verlosungsgerät (rechts) gesteckt. Farbige Bälle wurden eingeworfen, um zu bestimmen, welche Namen gezogen werden sollten.

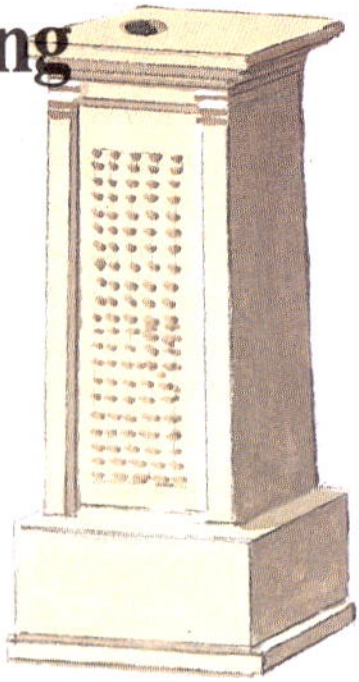

Arme Bürger, die Mitglieder eines Volksgerichtes wurden, erhielten einen Tageslohn als Entschädigung.

Rechtsanwälte gab es nicht. Die Bürger mußten ihren Fall selbst vortragen. Manche nahmen die Hilfe eines berufsmäßigen Redenschreibers in Anspruch.

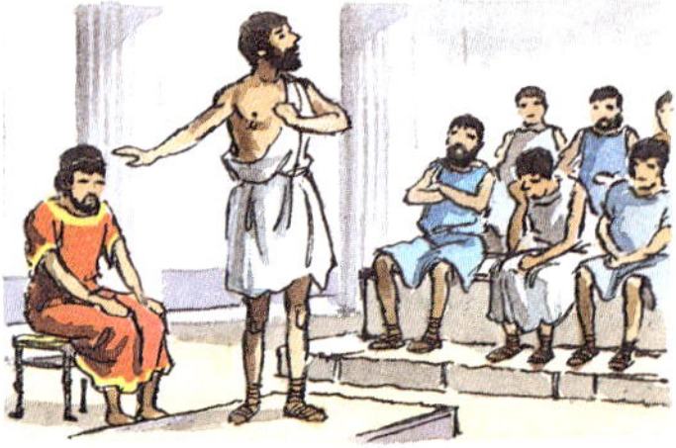

Stadtfremde durften vor dem Gerichtshof nicht sprechen. Sie mußten ihre Interessen von einem Bürger vertreten lassen.

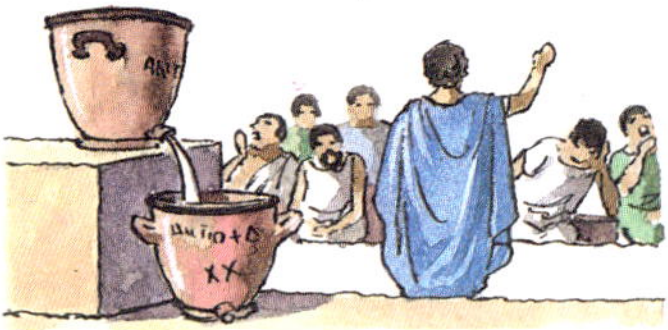

Um allzu lange Reden zu verhindern, wurde eine Wasseruhr aufgestellt, die die Zeit für jeden Sprecher begrenzte. Ein Krug war bis zum Rand mit Wasser gefüllt, das durch ein Loch in einen zweiten strömte.

Mit Stimmscheiben gaben die Richter ihr Urteil ab. Scheiben mit massiven Knöpfen bedeuteten „unschuldig", solche mit hohlen Knöpfen „schuldig".

Verfahren wegen Mordes oder Landesverrates wurden anders behandelt. Bei Landesverrat saß die gesamte Volksversammlung zu Gericht. Mordfälle behandelte ein besonderes Gericht, aus Beamten.

Auf dieser Tafel aus Athen ist das Gesetz gegen Tyrannei von 336 v. Chr. aufgezeichnet. Es besagt, daß der Mord an einem Tyrannen (jemand, der die Demokratie stürzt und allein herrscht) straffrei bleibt.

Gesellschaftsordnung in Sparta

Etwa um 600 v. Chr. begann die Regierung Spartas, sich von anderen Staaten zu trennen und gegen rivalisierende Staaten und rebellische Untertanen Krieg zu führen. Die Bürger (alles Männer) wurden Berufssoldaten, die ständig in Kasernen lebten.

Waren sie 30 Jahre alt geworden, wurden die Männer durch Wahl in die „Gleichen" und die „Untergebenen" geteilt. Nur die ersteren hatten volle politische Rechte und konnten an der Volksversammlung teilnehmen, wo durch Rufe abgestimmt wurde.

Die Vorschläge, die man der Versammlung unterbreiten wollte, wurden in einem Rat von Älteren (Männer über 60) erarbeitet, den die Versammlung gewählt hatte.

Über dem Rat standen fünf Beamte, die Ephoren, die jedes Jahr gewählt wurden, um die Regierungsgeschäfte zu führen.

Überdies gab es zwei Könige, die militärische und religiöse Führer waren.

Das Staatsgebiet bestand aus den Provinzen Lakonien und Messenien. Man verfügte über wertvolle Eisenerzvorkommen.

Sämtliche Arbeiten in Handel und Industrie wurden von einer Klasse von Untertanen verrichtet, den Periöken. Sie waren keine Bürger, durften aber bei lokalen Angelegenheiten mitreden und konnten in der Armee dienen. Die Bürger konnten sich so ganz dem Kriegsdienst widmen.

Die Landarbeit wurde von den Heloten verrichtet. Sie waren Abkömmlinge des Volkes, das vor der Einwanderung der Dorer* in Sparta gewohnt hatte. Die Heloten waren wenig mehr als Sklaven, die Lebensmittel produzierten.

Viele unzufriedene Heloten starteten Rebellionen gegen ihre Unterdrücker, die aber alle niedergeschlagen wurden.

*Die spartanischen Gesetzgeber stammten von den Dorern ab.

Architektur

Architekturstile in vielen Teilen der Welt haben auf den Vorbildern aufgebaut, die die alten Griechen geschaffen haben. Diese nutzten ihre Kenntnisse in der Mathematik, um Bauwerke mit herrlichen Proportionen zu errichten. Als Baumaterial verwendeten sie anfangs Lehmziegel und Holz, später Kalkstein und schließlich Marmor.

Dorischer Stil

Ionischer Stil

Korinthischer Stil

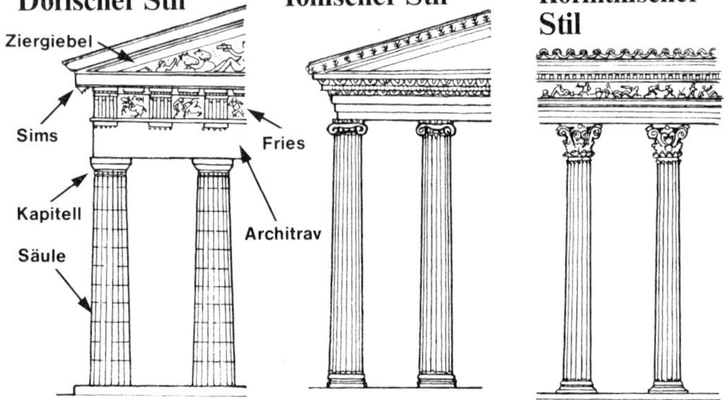

Bei der griechischen Architektur unterscheidet man zwei Hauptstile: den dorischen und den ionischen. Der spätere korinthische Stil entwickelte sich aus dem ionischen. Du kannst die verschiedenen Stile an den Säulenformen erkennen. Die Abbildung zeigt die Bezeichnungen der Bauelemente auf der Vorderseite eines Tempels.

Manchmal trat eine **karyatide**, eine Mädchenfigur, an die Stelle einer Säule. Die berühmtesten befinden sich am Erechtheion in Athen.

Ein kreisrundes Gebäude wurde **tholos** genannt. Die meisten dienten religiösen Zwecken, doch eines in Athen wurde für Ratssitzungen benutzt.

Dieses achteckige Gebäude ist der (noch erhaltene) „Turm der Winde" in Athen. Im Inneren befand sich eine gewaltige Wasseruhr.

Einen Säulengang wie diesen nannte man **stoa.** Man baute sie rund um Märkte und Plätze, um die Leute vor Sonne und Regen zu schützen.

Denkmäler

Zu Ehren großer Männer oder wichtiger Ereignisse wurden die verschiedenartigsten Denkmäler gebaut.

Dies sind Grabdenkmäler.

Das Löwendenkmal in Chaeronea erinnert an eine wichtige Schlacht, die Philipp von Mazedonien gewann.

Dieses Denkmal erbaute Lysikrates zur Erinnerung an einen Preis, den er auf dem Theater gewonnen hatte.

Der große Altar in Pergamon wurde im 1. Jahrhundert v. Chr. errichtet. Die Skulpturen stellen den Krieg zwischen den Göttern und den Giganten dar.

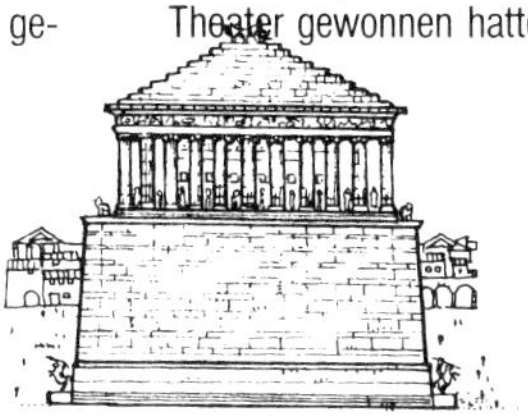

Das Grabmal des Königs Mausolos (daher das Wort Mausoleum) ist so riesig, daß man es einst zu den sieben Weltwundern zählte.

Baumethoden

Öffentliche Gebäude wurden aus Steinblöcken errichtet. Gruppen von Arbeitern hievten sie an die richtige Stelle. Aus Schriften wissen wir, daß zum Heben der Blöcke auch Flaschenzüge verwendet wurden, doch hat sich keiner erhalten, und es gibt kein Bild.

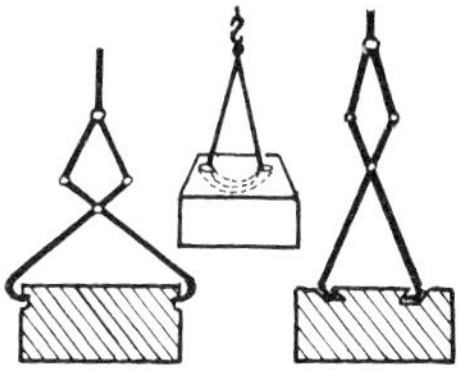

In die Blöcke geschlagene Rillen geben uns Hinweise, wie die Flaschenzüge gearbeitet haben.

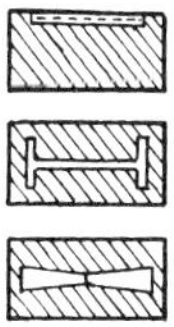

Die Griechen verbanden die Steinblöcke nicht mit Zement, sondern mit Klammern aus Bronze oder Eisen.

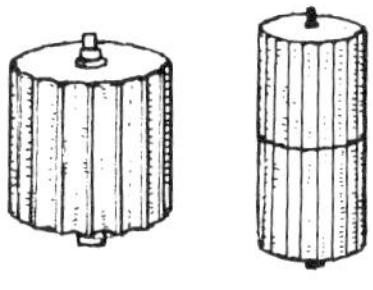

Säulen wurden mit Holzpflöcken zusammengehalten, die an der Ober- und Unterseite jedes Teilstückes angebracht waren.

Stadtplanung

In der klassischen Periode wurden neue Städte nach einem Netzplan gebaut. Die Straßen verliefen gerade und kreuzten sich rechtwinklig.

Skulptur und Kunsthandwerk

Bildhauer schufen Statuen und Skulpturen für Tempel, Grabmäler und Denkmäler. Die beliebtesten Gegenstände waren Götter, Göttinnen und Helden. Statuen wurden aus verschiedenartigen Materialien hergestellt: Marmor, Kalkstein, Bronze, Holz, Terrakotta, Elfenbein und Gold. Die meisten der erhaltenen Statuen sind aus Stein. Viele Bronzestatuen wurden eingeschmolzen und das Metall erneut verwendet.

Archaische Periode

Die Statuen aus dieser Periode wirken steif und feierlich. Sie orientieren sich an ägyptischen und östlichen Stilen. Sie zeigen drei Haupttypen: die sitzende Figur, die **kore** (stehendes Mädchen) und den **kuros** (stehender Jüngling).

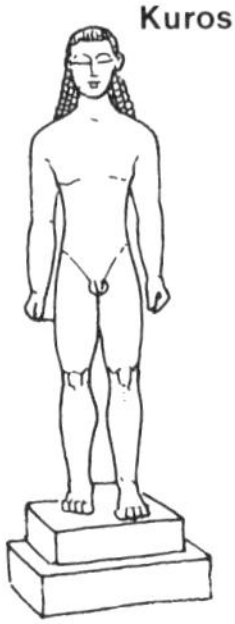
Kuros

Kore

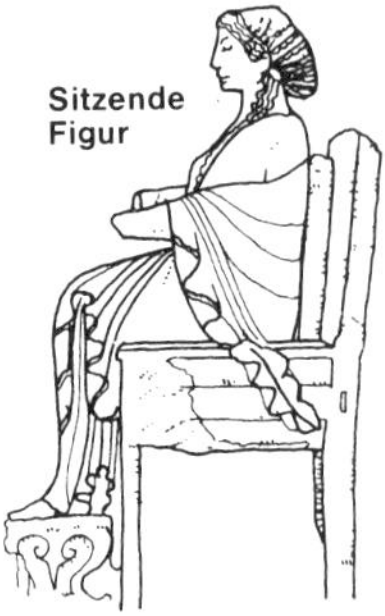
Sitzende Figur

Klassische Periode

Mit Beginn der klassischen Zeit hatte man gelernt, den menschlichen Körper in lebendiger Natürlichkeit zu gestalten. Man schuf sowohl Büsten großer Männer als auch Skulpturen, die ganze Szenen darstellten. Die Gesichter in den dargestellten Szenen zeigten oft einen lebhaften Gefühlsausdruck, während die Portraits immer ruhig und verschlossen wirkten.

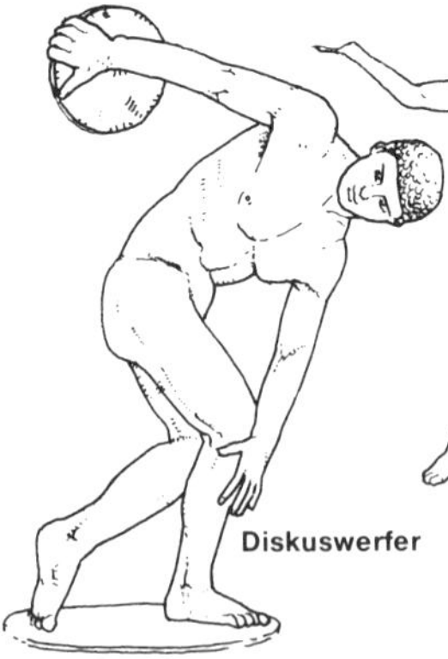
Diskuswerfer

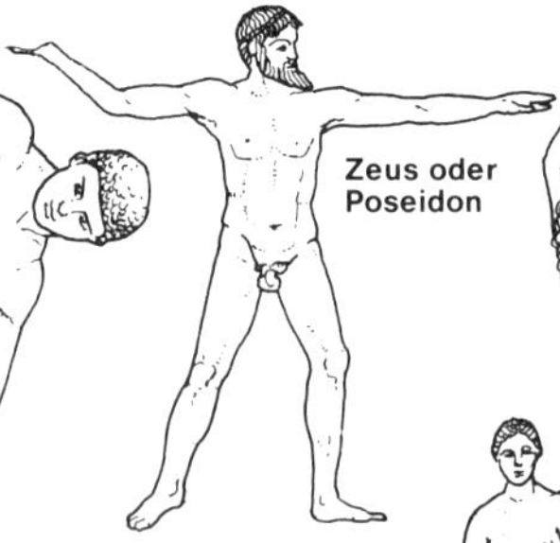
Zeus oder Poseidon

Perikles

Knidische Aphrodite

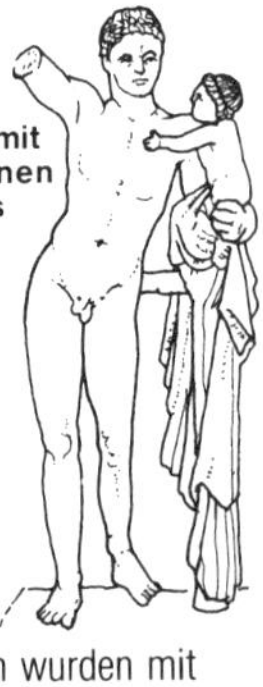
Hermes mit dem kleinen Dionysos

Kleider und Drapierungen wurden mit herrlich natürlichem Faltenwurf wiedergegeben. Hier zwei Statuen des berühmten Bildhauers Praxiteles (die eine ist eine römische Kopie, die andere ein Original).

Hellenistische Periode

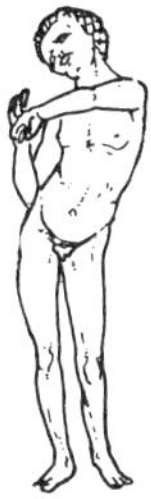

Mit der hellenistischen Periode wurden Zahl und Art der dargestellten Gegenstände erheblich erweitert. Es entstanden hervorragende Skulpturen von Kindern, Nichtgriechen, alten Menschen und Leidenden, die realistisch dargestellt wurden.

Terrakotten

Terrakotten sind kleine Figuren aus gebranntem Ton. Zunächst wurden sie mit der Hand geformt, später benutzte man Formen. Sie wurden bemalt und gewöhnlich als Opfergaben für die Götter oder als Grabbeigaben verwendet. Hier eine Auswahl. Sie reicht von den frühen, steif wirkenden Figuren bis zu den späten, von denen einige alltägliche Szenen darstellen.

Metallarbeiten

Aus Gold, Silber, Bronze und Eisen fertigte man viele Arten von Geschirr, Schmuck, Waffen und anderen Gegenständen. Die Erzeugnisse griechischer Kunsthandwerker waren im Ausland sehr gefragt. Archäologen haben sie in ganz Europa, Südrußland und im Nahen und Mittleren Osten gefunden.

kleine Statue

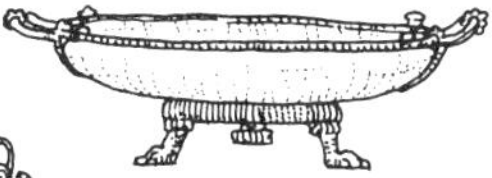

Fußwaschbecken

Spiegel

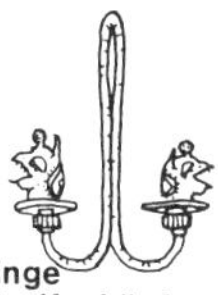

Ohrringe mit Greifenköpfen

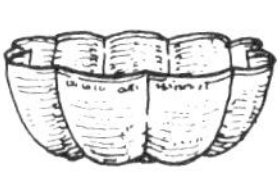

Schale

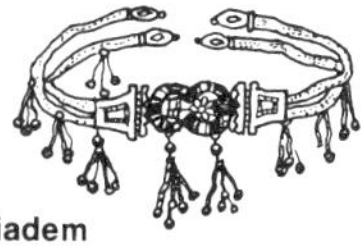

Diadem

Brustpanzer

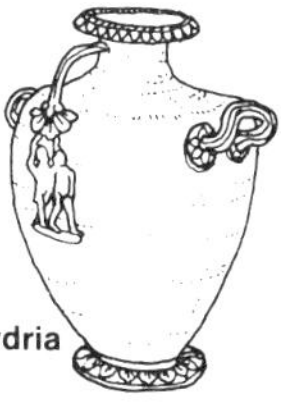

Hydria

Wissenschaft und Erfindungen

Griechische Wissenschaftler untersuchten alle Erscheinungen der Welt. Diese Gelehrten nannte man Philosophen, obwohl sie sich mit Dingen beschäftigten, die wir heute nicht zur Philosophie rechnen: Mathematik, Astronomie, Geologie oder Medizin. Einige ihrer Ideen übernahmen sie von älteren Kulturen, doch machten sie zahlreiche neue, eigene Entdeckungen, von denen einige die Grundlage dessen bilden, was wir heute wissen.

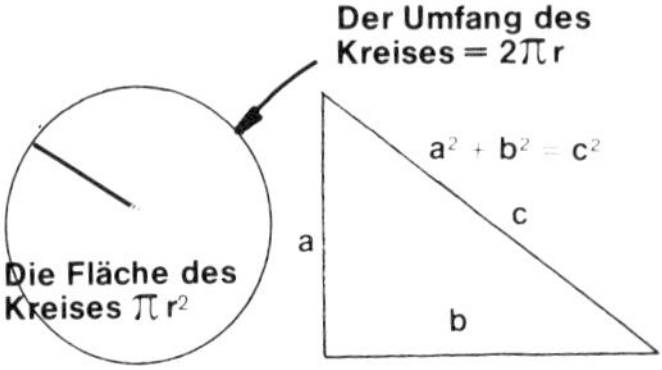

Die größten Mathematiker waren Pythagoras, Euklid und Archimedes. Sie schufen die Grundlage der Geometrie, z. B. entwickelte Pythagoras seine Lehrsätze über Dreiecke und die Zahl „pi".

Aus dem Studium des Sternenhimmels leitete ein Wissenschaftler die Theorie ab, daß die Erde frei im Raum schwebte (im Gegensatz zu älteren Theorien).

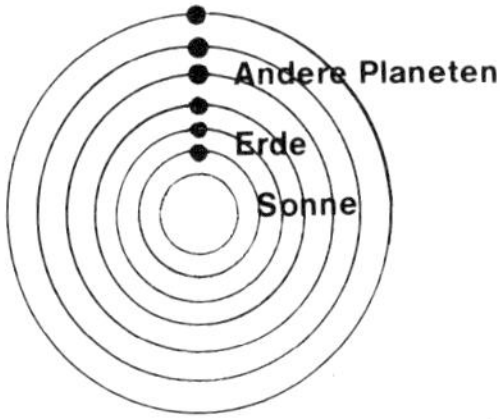

Der Astronom Aristarchos begründete das „heliozentrische System": Die Sonne stand im Mittelpunkt, und die Erde (die sich um die eigene Achse drehte) und die anderen Planeten drehten sich um sie.

Ein Wissenschaftler der Spätzeit, Ptolemaios, glaubte, die Erde sei der Mittelpunkt des Universums (s. Abb.). Seine Theorie hatte bis zum 16. Jahrhundert Gültigkeit.

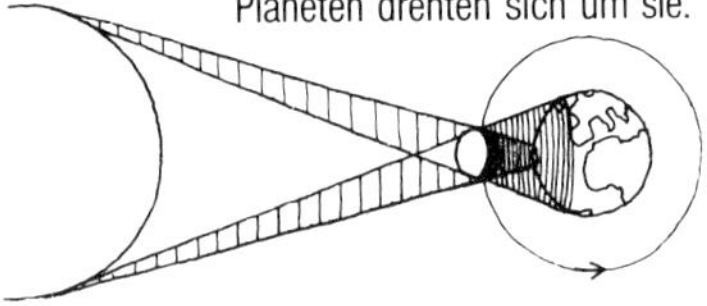

Einem anderen gelang die richtige Erklärung für das Eintreten der Dunkelheit. Thales soll die Sonnenfinsternis von 585 v. Chr. vorausgesagt haben.

Eratosthenes berechnete den Erdumfang auf 320 km genau. Dazu maß er den Sonnenwinkel in Alexandria und die Entfernung von dort nach Assuan, wo die Sonne um 12 Uhr mittags im Zenit stand.

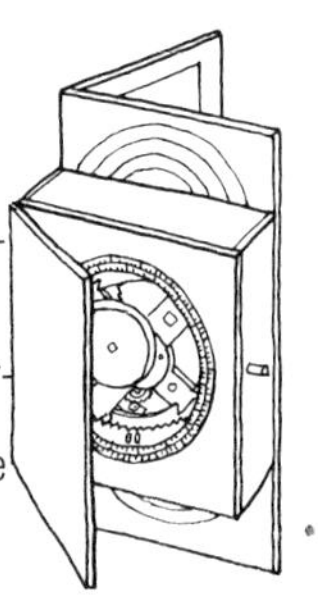

Dies ist die Rekonstruktion einer astronomischen Uhr, die in einem Schiffswrack gefunden wurde. Mit ihrer Hilfe konnten Seeleute die Bewegungen von Sonne, Mond und Sternen aufzeichnen.

Alexandrinische Erfindungen

Die Griechen in Alexandria taten viel für den Fortschritt der Wissenschaft. Dieser 120 m hohe Leuchtturm wurde von Architekten entworfen und gebaut, die fortgeschrittene Techniken anwandten. In der Spitze des Turms befanden sich Bronzespiegel als Reflektoren.

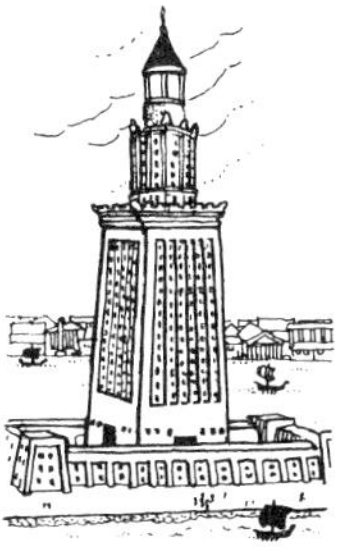

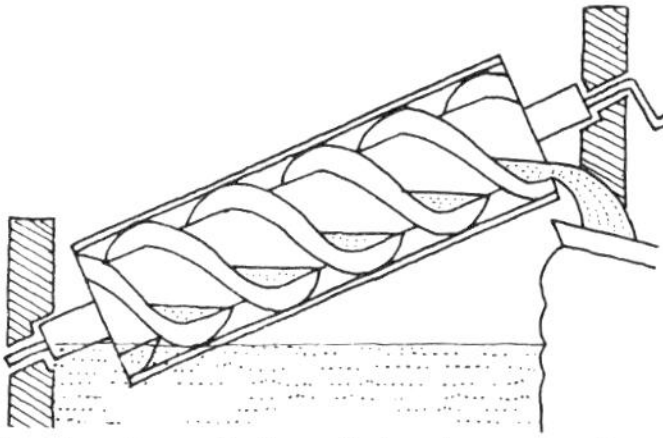

Archimedes soll diese Schraube entworfen haben, eine Vorrichtung, um Wasser von einer Ebene auf eine andere zu befördern. Die Methode wird noch heute angewandt.

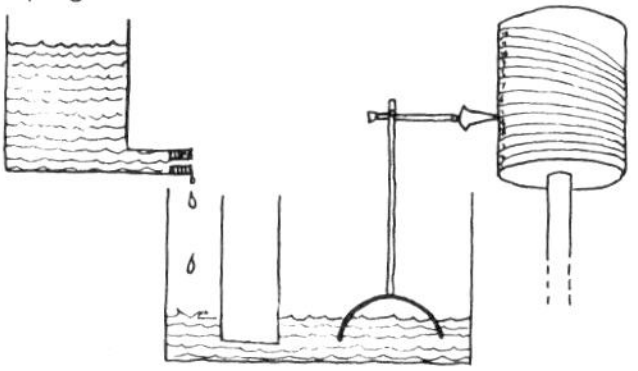

Gelehrte führten Versuche durch, Maschinen mit Wasser und Dampf zu betreiben, doch sie wurden nie in Gebrauch genommen. Hier seht ihr den Entwurf einer wassergetriebenen Uhr.

Diese komplizierte Vorrichtung hatte den Zweck, die Tempeltüren zu öffnen, wenn auf dem Altar ein Feuer angezündet wurde.

Neue Werkzeuge und Techniken

Gegen Ende des 2. Jahrhunderts v. Chr. hatte man einen Anker entwickelt, der das Schiff sogar bei rauher See festhielt.

Eine Verbesserung der Töpferscheibe machte es dem Töpfer möglich, sie mit den Füßen zu bedienen.

Die Drehbank wurde wahrscheinlich von einem Griechen erfunden. Ein Holzstück wurde mit Hilfe einer Spindel gedreht, indem ein Mann mit einem Strick an ihr zog. Ein zweiter bearbeitete es mit einem Meißel.

Die Eisenbearbeitung wurde durch das Schweißen erleichtert. Man fügte Eisenstücke zusammen, indem man sie erhitzte und sie dann auf einem Amboß zusammenhämmerte.

Medizin

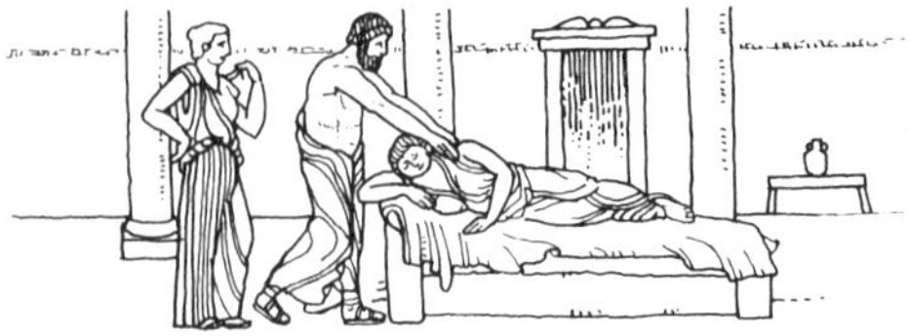

In der Frühzeit versuchten viele Leute ihre Krankheiten mit Hausmitteln zu kurieren. Wenn diese nicht halfen, suchte man den Tempel des **Asklepios** (Gott der Heilkunde) auf. Man übernachtete im Tempel und hoffte, der Gott oder seine Schlange würden Heilung bringen.

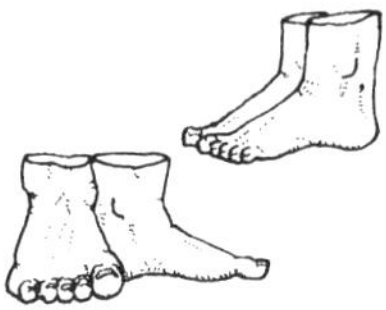

Leute, die geheilt worden waren, brachten manchmal als Opfer ein Modell des geheilten Körperteils.

Hippokrates

Man sagt, der Begründer der modernen Medizin sei Hippokrates gewesen. Er stammte von der Insel Kos und lebte im 5. Jahrhundert v. Chr. Er und seine Nachfolger erkannten, daß Krankheiten natürliche Ursachen hatten und nicht als Strafe von den Göttern gesandt wurden. Sie legten großen Wert darauf, alles über den Patienten und seine Symptome herauszufinden, um ihn richtig behandeln zu können.

Die Ärzte verschrieben pflanzliche Mittel, aber auch Ruhe oder Bewegung. Diese Zeichnung stammt aus einem Rezeptbuch für Heilmittel, die aus Pflanzen gewonnen wurden.

Reiche Leute konnten sich gegen Bezahlung den Arzt ihrer Wahl leisten. Es gab auch Ärzte, die vom Staat bezahlt wurden und die Armen kostenlos behandelten.

Ungefähr im 5. Jahrhundert v. Chr. fanden Ärzte heraus, wie der menschliche Körper funktionierte, indem sie Leichen sezierten.

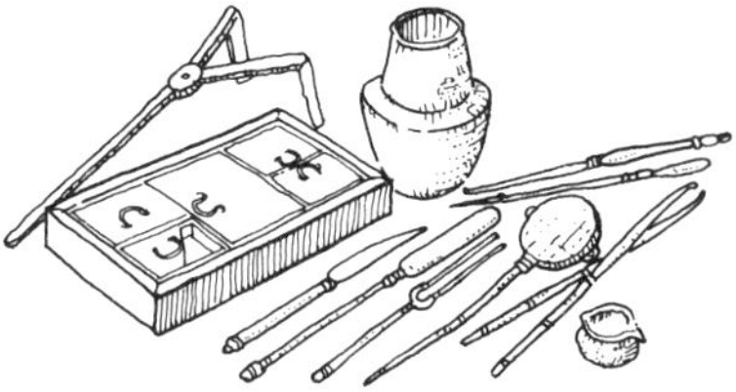

Diese chirurgischen Instrumente stammen aus der hellenistischen Periode. Da es weder betäubende noch antiseptische Mittel gab, waren Operationen schmerzhaft und gefährlich. Man vermied sie möglichst.

Untersuchung von Fossilien

Wissenschaftler untersuchten versteinerte Meerestiere, die man auf dem Land gefunden hatte, und kamen zu dem Schluß, daß das Land einmal vom Meer bedeckt gewesen sein mußte. Sie folgerten daraus, daß alle Lebewesen (Menschen eingeschlossen) von fischähnlichen Wesen abstammen mußten.

Schrift, Literatur und Schriftsteller

Das Alphabet

Griechischer Buchstabe		Name des Buchstabens	Heutige Entsprechung
Α	α	alpha	a
Β	β	beta	b
Γ	γ	gamma	g
Δ	δ	delta	d
Ε	ε	epsilon	e
Ζ	ζ	zeta	z
Η	η	eta	e
Θ	θ	theta	th
Ι	ι	iota	i
Κ	κ	kappa	k
Λ	λ	lambda	l
Μ	μ	my	m
Ν	ν	ny	n
Ξ	ξ	xi	x (ks)
Ο	ο	omicron	o
Π	π	pi	p
Ρ	ρ	rho	r
Σ	σ	sigma	s
Τ	τ	tau	t
Υ	υ	ypsilon	ü, y
Φ	φ	phi	ph
Χ	χ	chi	kh,ch
Ψ	ψ	psi	ps
Ω	ω	omega	o

Dichtkunst

Der Dichter Homer lebte im 9. Jahrhundert v. Chr. In seinen Dichtungen „Ilias" und „Odyssee" erzählt er die Geschichte des Trojanischen Krieges. Diese Art Dichtkunst nennt man Epik.

Geschichtsschreibung

Herodot wird „Vater der Geschichtsschreibung" genannt, denn er versuchte als erster zwischen historischen Tatsachen und Sagen zu unterscheiden. In den neun Büchern seiner „Historien" (= Erkundungen) beschrieb er die persischen Kriege und seine eigenen Reisen.

Griechische Schriftsteller und Philosophen

Sokrates	(469-399 v. Chr.)	Philosoph. Ermutigte die Menschen, alles, woran sie glaubten, zu hinterfragen.
Plato	(428-348 v. Chr.)	Philosoph. Er gründete seine berühmte Schule, die „Akademie". Zu seinen Schriften gehörten die „Dialoge" und „Die Republik".
Aristoteles	(384-322 v. Chr.)	Philosoph. Er war Schüler Platos und unterrichtete eine Zeitlang Alexander den Großen. Zu seinen Schriften gehören die „Politika".
Aischylos	(525-456 v. Chr.)	Verfasser von Tragödien. Die berühmteste ist die „Orestie".
Sophokles	(496-407 v. Chr.)	Verfasser von Tragödien. Dazu gehören „Antigone", „Elektra" und „König Ödipus."
Euripides	(485-406 v. Chr.)	Verfasser von Tragödien.
Aristophanes	(450-385 v. Chr.)	Verfasser von Komödien. Dazu gehören „Die Vögel", „Die Frösche" und „Die Wespen".
Hesiod	(8. Jh. v. Chr.)	Schriftsteller. Schrieb eine Geschichte der Götter und des Ackerbaus.
Thukydides	(471-400 v. Chr.)	Historiker. Er beschrieb den Krieg zwischen Athen und Sparta.

Karte des alten Griechenland

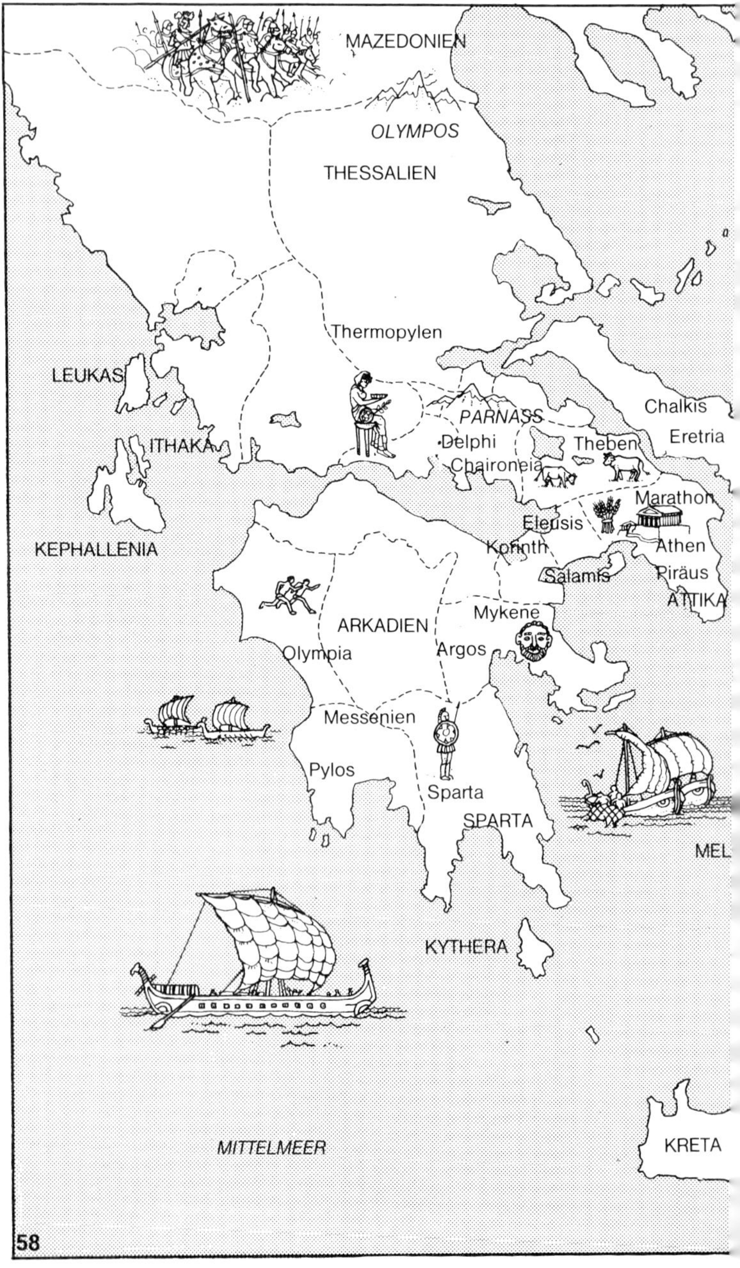

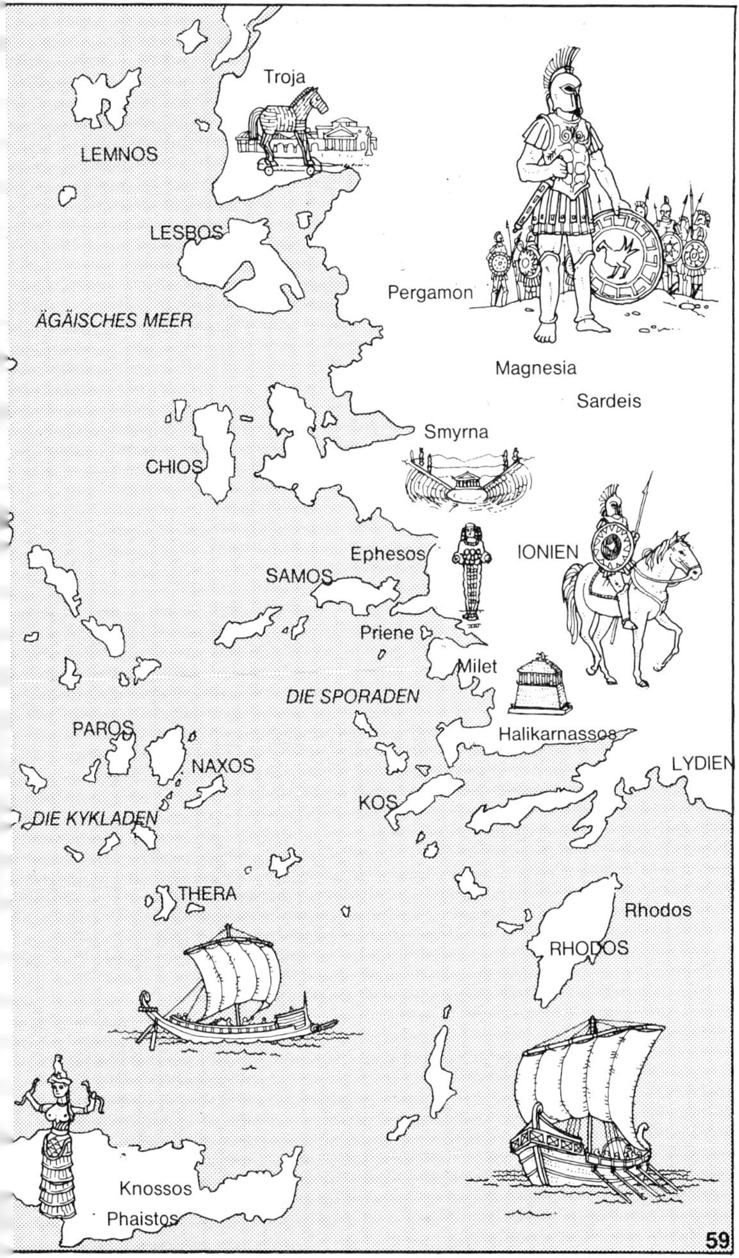
Troja
LEMNOS
LESBOS
Pergamon
ÄGÄISCHES MEER
Magnesia
Sardeis
Smyrna
CHIOS
Ephesos
IONIEN
SAMOS
Priene
Milet
DIE SPORADEN
PAROS
Halikarnassos
NAXOS
LYDIEN
KOS
DIE KYKLADEN
THERA
Rhodos
RHODOS
Knossos
Phaistos

Geschichte des alten Griechenland

Die frühesten Bewohner Griechenlands waren steinzeitliche Jäger. Der Ackerbau setzt etwa 6000 v. Chr. ein. Man unterteilt die frühesten Kulturen in die helladische (auf dem Festland), die kykladische (auf den ägäischen Inseln) und die minoische (auf Kreta).

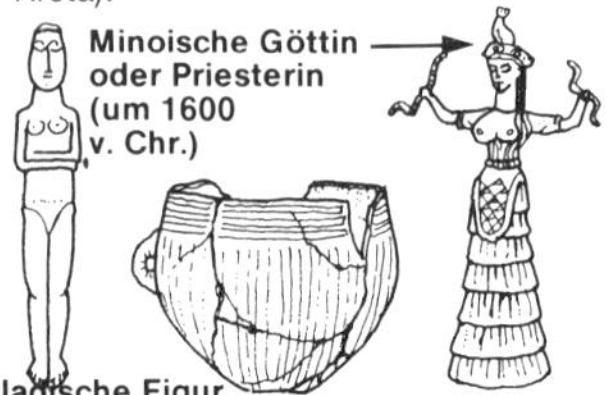

Minoische Göttin oder Priesterin (um 1600 v. Chr.)

Kykladische Figur (um 2000 v. Chr.)

Helladisches Gefäß

Zwischen 2200 und 1900 v. Chr. begann die Einwanderung eines Volkes, das eine frühe Form des Griechischen gesprochen haben muß. Ihre großartige Kultur (zwischen 1600 und 1100 v. Chr.) benennen wir nach der Stadt Mykene. Gegen Ende dieser Periode fand der Trojanische Krieg statt.

Goldene Maske (um 1500 v. Chr.)

Die Dunklen Zeitalter

Die unter dieser Bezeichnung bekannte Periode begann etwa um 1100 v. Chr. Griechenland wurde von allen Seiten bedrängt. Die Träger der mykenischen Kultur verloren ihre Vormachtstellung, und aus dem Norden wanderten die Dorer ein.

In dieser Periode schrieb Homer seine Werke. Im 8. Jahrhundert übernahmen die Griechen ein neues, einfaches Alphabet. Die Bevölkerung wuchs, viele Leute wanderten aus und gründeten im ganzen Mittelmeerraum Kolonien.

Die archaische Periode

Diese Periode war eine Zeit politischer Veränderungen. Anstelle von Königen regierten jetzt Adlige und begründeten Oligarchien. In einigen Staaten wurden diese durch Tyrannen mit Unterstützung des Volkes gestürzt. 594 v. Chr. gewährte Solon, Herrscher in Athen, eine Verfassung, die den ersten Schritt zur Demokratie bedeutete.

Die klassische Periode

Dies ist die Zeit, in der sich Athen auf dem Höhepunkt seiner Macht befand. 499 v. Chr. rebellierten griechische Städte in Kleinasien gegen ihre persischen Herrscher. Athen unterstützte sie, doch der Aufstand mißlang und Persien erklärte Athen den Krieg.

Der 1. Persische Krieg endete mit der Niederlage der Perser bei Marathon (490 v. Chr.) 480 v. Chr. unterlagen Sparta und seine Verbündeten den Persern bei den Thermopylen. Im gleichen Jahr siegten die Athener in einer großen Seeschlacht bei Salamis. 479 v. Chr. fanden die Kriege ein Ende, als die Perser bei Platäa geschlagen wurden.

In Athen folgte ein „Goldenes Zeitalter" der Künste und Wissenschaften. Viele der schönsten Skulpturen und Vasen sind aus dieser Zeit. Athen begründete auf Delos den „Attischen Seebund" mit anderen griechischen Staaten und bestimmte die griechische Politik.

432 v. Chr. wurde der Parthenon-Tempel in Athen fertiggestellt.

Zwischen etwa 460 und 430 v. Chr. wurde die Politik Athens durch den hervorragenden und volkstümlichen Politiker Perikles geprägt.

Der Peloponnesische Krieg zwischen Athen und Sparta fand zwischen 431 und 404 v. Chr. statt. Sparta siegte und errichtete ein eigenes Herrschaftssystem, obwohl die Demokratie bald wieder eingeführt wurde. 399 v. Chr. wurde der Philosoph Sokrates hingerichtet, weil gewisse Gruppen nach einem Schuldigen für die Niederlage Athens suchten.

Der Frieden wollte sich nicht wieder einstellen. 371 v. Chr. wurden die Spartaner von den Thebanern besiegt. Währenddessen wuchs die Macht des Königs Philipp von Mazedonien (oben). Er schlug zahlreiche Schlachten und einigte schließlich Griechenland unter seinem Zepter.

Die hellenistische Periode

Als Philipp 336 v. Chr. ermordet wurde, folgte ihm sein Sohn Alexander der Große (336-323 v. Chr.) Er eroberte ein ausgedehntes Weltreich, das von Ägypten bis Indien reichte. 331 v. Chr. wurde in Ägypten die Stadt Alexandria gegründet, die ein Zentrum der Wissenschaft wurde. Nach Alexanders Tod bekämpften sich seine Generäle untereinander und teilten das Reich unter sich auf.

Um diese Zeit begannen die Römer ihr eigenes Weltreich zu begründen. Zuerst eroberten sie die griechischen Kolonien in Italien, dann wandten sie sich Griechenland selbst zu. Viele Griechen wurden als Sklaven nach Italien verschleppt. 146 v. Chr. wurde Griechenland eine römische Provinz.

Museen mit Sammlungen zur griechischen Kultur

1000	Berlin 19	Antikenmuseum Schloßstr. 1
2000	Hamburg 1	Museum für Kunst und Gewerbe Steintorplatz
2300	Kiel	Archäologische Sammlung Düsternbrooker Weg 1-7
2900	Oldenburg	Landesmuseum für Kunst- und Kulturgeschichte Schloßplatz 1
3000	Hannover	Kestner-Museum Trammplatz 3
3200	Hildesheim	Pelizaeus-Museum Am Steine 1-2
3400	Göttingen	Archäologische und numismatische Sammlung der Universität Nikolausbergerweg 15
3500	Kassel	Staatliche Kunstsammlungen Schloß Wilhelmshöhe
4400	Münster	Archäologisches Museum der Universität Domplatz 20-22
4630	Bochum	Kunstsammlungen der Ruhr-Universität Bochum Universitätsstr. 150
4700	Hamm	Städtisches Gustav-Lübcke-Museum Museumsstr. 2
5100	Aachen	Neue Galerie/Sammlung Ludwig Komphausbadstr. 19
5300	Bonn 1	Akademisches Kunstmuseum der Universität Am Hofgarten 21
6800	Mannheim	Städtisches Reiß-Museum Zeughaus C 5
6900	Heidelberg	Antikenmuseum und Abgußsammlung des Archäologischen Instituts der Universität Marstallhof 4 (Neues Kollegiengebäude)
7000	Stuttgart 1	Württembergisches Landesmuseum Stuttgart Schillerplatz 6 (Altes Schloß)
7400	Tübingen	Antikensammlungen des Archäologischen Instituts/Universitätssammlung antiker und nachantiker Münzen und Medaillen Wilhelmstr. 9 (Münzsammlung), Nauklerstr. 2
7500	Karlsruhe	Badisches Landesmuseum Karlsruhe Schloß
7950	Biberach	Städtische Sammlungen (Braith-Mali-Museum) Museumstr. 6

8000	München 2	Glyptothek Königsplatz 3
8000	München 2	Staatliche Antikensammlung Königsplatz 1
8700	Würzburg	Antikensammlung des Martin von Wagner Museums Residenzplatz 2, Tor A